凛《りん》々《りん》物語

これがあたしの生きる道

志麻乃 ゆみ
SHIMANO Yumi

文芸社

目次

凜々《りんりん》物語　～これがあたしの生きる道～

一　あたしが眠れなかった理由《わけ》

ふぁ〜。

また欠伸《あくび》が出た。四月とは思えない花冷えの朝。ママが窓を開け放ち、外のひんやりした空気がリビングに緊張感をもたらす。一瞬、目が覚めるが、眠気は負けじとやってくる。たちまちソファの上の身体は脱力する。そして、ふぁ〜。また欠伸が出る。

そう、昨夜あたしが眠れなかったのには理由がある。

昨日は日曜日。ママもパパも仕事はお休みで、弟の蓮《れん》（二歳五ヶ月）も保育園はお休み。姉の蘭子《らんこ》（高校二年）は練習試合があるとかで、朝早くから出かけていた。

最近、蘭子は休日も家にいないことが多い。ブカツやバイトが忙しいと言っているが、実はそれだけでないことを、あたしは知っている。でも、ママとパパは気づいていないから、知らないフリをしてあげている……フフフ。

蓮は最近よく喋るようになった。寝ている時以外ずっと喋っているか歌っているかで喧《やかま》しい。もっともまだ人間の言葉としては意味不明なものが多いが、常に何かしら口から音を発している。コイツには、頭で考えること、脳みそを経由してから喋るということを教えてやらねばならぬ。そんなどうでもいいことをツラツラと考えていたその時、テラスで洗濯物を干していたパパのスマホが鳴った。

「……そうですか、わかりました。では、昼から出ます」

ん？　パパはどこかへ出かけるの？　リビングでパパが用意してくれたご飯を食べながら、あたしはママとパパの会話に耳をそばだてた。

「電話、どこから？」

「店長から。午後のシフトに入っていたバイトの子が、急に熱を出したんだって」

「それで？」ママはせっかちな人だ。

「いや、僕しか代われるのいないみたいでサ」

「で？」ママのせっかちは時に意地悪になる。

「昼から出勤しないと」

「(三秒の間)……今日は家で仕事をしたいから、蓮のことや家事も頼むと言ってあったよね?」

あ〜完全にママのスイッチが入ってしまった。

「あれ、そうだった? でも急病なんだから仕方ないだろう」

パパは基本的に忘れっぽく、そのことにあまり罪悪感を抱かない人だ。あたしはその鷹《おう》揚《よう》さがパパの魅力だと思っているし、それでママも随分と救われているんじゃないかと分析している。でも、ママに言わせると、パパは「テキトーすぎ」「いい加減な人」となるようだ。

「仕方ない? 断ればいいじゃない。他に独身で融通つく人いるでしょ!」

「上司から頼まれたら断れるわけないだろ! 普段から蓮が熱を出した時とか急に休ませてもらっているんだから」

パパも珍しく声を張って応戦している。頑張れ、パパ!

あたしは基本的にどちらの味方でもないけれど、弱い方を応援したくなる習性がある。

つまり、ママとパパの喧嘩においては、大抵パパを応援することになるってこと。今回はどう考えても、約束を忘れていたパパの方が分《ぶ》が悪いけど、あたしはパパの足をスリッパの上からツンツンして気持ちを伝える。パパ、頑張って！

ママがワントーン低いくぐもった声で言う。

「だけど規夫《のりお》さん、あなた忘れてたでしょ。私が家で仕事をするって言ってたこと」

こんな時は何はさておき「ごめんなさい」だろう。そうすることで、ママの怒りを緩和できることは、あたしだって知っている。いつものパパなら、本心はどうあれ「ごめん」と言って、謝るが勝ち作戦をとるのに、今日はどうしたのだろう。あろうことか、感情逆なでビームを放ってしまった。

「でも、いつだって、僕が保育園のお迎えや家事をやっているから、楓《かえで》さんは自由に仕事ができているんじゃないか。こんな時くらい協力してくれたっていいだろ」

「はぁ？　何それ！　自分が忘れてたのを棚に上げて。私だって保育園や家のことやっているのに、仕事しかしてないみたいな言い方しないでよ！」

あちゃ〜、本格的に始まってしまった。

しかもこれは最悪のコースになりそうな予感しかしない。あの時もああだった、こうだったと互いに忘れていた過去の出来事をほじくり返して、離婚話まで進むコース。平和主義のあたしは、何とか離婚だけは回避できますようにと願いながら、ママとパパの間を右往左往する。

この時、不穏な空気を察した蓮が愚図《ぐず》りだしたが、ママもパパも気づかないフリを決めて喧嘩続行。ふぅ、何という親たちだ。仕方なくあたしが蓮の傍《そば》に行って宥《なだ》める。

ママもパパもあなたのことが大好きだけど、あなたのためだけに生きているわけじゃないのよ。それぞれの主張や生き方があるの。わかってあげて。

蓮はしばらく愚図っていたが、あたしがアンパンマンの人形を持っていってあげると、何事もなかったように遊び始めた。やはりコイツは単純すぎる。これからしっかり教育しないといけない。

ママとパパはどのくらいの間、言い合っていただろうか。

「もう無理。やってられないわ。仕事に行くなら離婚覚悟で行きなさいよ！」

ママが捨て台詞《ぜりふ》のように言い放ち、パタパタといつもよりスリッパの音を大きく立てながら、二階に上がって行った。リビングにはどんよりとした静寂が訪れたが、テラスにいるパパは、というと、ムスッとした表情で洗濯物を干し続けている。シャツの皺を伸ばすパンパンという音が、こちらもいつもより大きく響いていた。

しばらくして、パパが玄関から出て行く気配がした。いつもはあたしにも「行ってくるよ」と声をかけてくれるのに、無言のまま行ってしまった。ママは二階からパソコンを持ってきて、ダイニングテーブルの上で仕事を始めたようだ。

あたしは玩具《おもちゃ》で遊ぶ蓮の隣でくつろいでいるフリをしながら、頭の中ではこれまでの家族のあれやこれやが渦巻いていた。いよいよ離婚なのだろうか。蘭子や蓮は、そしてあたしはどうなるの？　我が家は一体どうなってしまうのだろう、という不安な思いがぐるぐると頭の中を巡り、ドキドキとハラハラは夜まで収まらなかった。

＊

長かった一日にも夜はやってきた。パパも蘭子も帰ってきた。

「試合からのバイトはしんどい～」

蘭子はため息交じりに、スポーツバッグをソファに投げ出す。

今日の夕食は久し振りにママが作っていた。お肉のいいにおいが部屋中に立ち込めている。メニューはパパと蓮の大好物、ハンバーグだった。

この時点であたしの鋭いアンテナは、ママとパパが既に仲直りをしている、あるいはしようとしていることを察知していた。

ママがハンバーグを焼いていると、パパが覗き込んでいる。パパは目を見開き、「おぉっ！」とひと言。蘭子は「今日の夕飯、豪華じゃん」とニヤニヤしている。

ソファの背もたれの上から覗いてみると、ハンバーグの載ったお皿にはフライドポテトにニンジンのグラッセ、茹でたブロッコリーが添えてあり、人参のポタージュとグリーンサラダも食卓に並んでいた。間違いなくいつもより2《ツー》ランク豪華なメニューだ。

ママとパパが喧嘩をした後は、大抵キツイ物言いを反省したママがご飯を作る。普段作らない分、ママが作る料理は手の込んだものとなるから、その場に居合わせていなかった蘭子にも、二人が喧嘩をしたことが推測できるというわけだ。何とも単純でわかりやすい家族である。

あたしのご飯もいつもの固形フードに好物の鶏のささみが添えてあった。ドキドキハラハラさせたことへの詫びのつもりだろうか。鶏のささみに免じて、まぁ許してあげるとしよう。あたしは複雑な思いを、ささみと共に噛みしめながら、チラチラと横目で皆の様子を観察する。

ママとパパはほとんど目を合わせず、いつもより口数は少なかったが、いつものようにテレビからはニュースが流れ、いつものように蓮はひっきりなしに喋りながらご飯やハンバーグを頬張り、いつものように蘭子は食べながらスマホを弄《いじ》ってママに注意されている。そして、いつものように一番に食べ終わったパパが食器を片付け始めた。

でも今日は食器をキッチンに下げながら、パパが冷蔵庫から白い箱を出してきた。

「食後のスイーツ買ってきた」

くんくん。アレ？　甘いにおいと紅茶のにおいもする。と思ったら、いつの間にかママもキッチンに立って紅茶を淹《い》れている。お、いい感じじゃな〜い。このにおいであたしは離婚回避を確信した。

白い箱を見た蘭子が、大きな目をキラキラさせている。

「わっ、ここ先週オープンしたお店じゃん！　フルーツロールケーキが人気なんだよね」

「うん。職場の人が教えてくれたから、買ってみた」

ご飯を食べ終えたあたしがソファの上から眺めていると、パパがフルーツロールケーキを切り分けている。フルーツと生クリームがたっぷり入っていて、ナイフを入れるたびにぶにゅっと横から溢れそうになる。生クリームの甘い香りとフルーツの甘酸っぱい香りが押し寄せてきて、思わずゴクンと喉が鳴った。

蘭子も蓮もスイーツに隠された意味を考えず、能天気にケーキを頬張っている。おいおい、誰かの誕生日でもないのにパパがケーキを買ってきた意味を、キミたちはわかっているのかい？　あたしはフンッと鼻を鳴らして皆の顔を見回す。一日中、家族のことを心配していたあたしの分のケーキがないのは、些《いささ》か理不尽すぎないか。

まぁでもしょうがない。いつものように蓮の食べ零《こぼ》しを待つとしよう。あたしはさり気なさを装って、テーブルの下に移動した。

テーブルの下では、皆のくつろいだ脚が思い思いの格好をしていたが、突然両脚を揃えたパパの、コホンという咳払いが頭の上から聞こえた。

「僕は楓さんとこれからも喧嘩はするけど、離婚はしません！」

一瞬の沈黙。

「ハイ、ハイ」蘭子はまたか、という風情で軽くいなす。

蓮はケーキを食べるのに夢中で、パパの発言は完全スルー。

あたしだけが、お〜パパ、よくぞ言ってくれました！　と心の中で拍手。安心のあまりオシッコをちびってしまった。ヤバッ！　でも誰も見ていない。よかったぁ。

当事者であるママの方を見ると、ケーキをもぐもぐしながら、「了解」とひと言。

それで片付けるんか〜い！

「明日は朝早く出かけるから、お風呂入ってすぐに寝るわ。さぁ蓮、お風呂入るよ」

ママの強制終了作戦は、よくあるパターンだった。

徐《おもむろ》に席を立ったママの背中は、朝のようなピリピリした緊張感は鳴りを潜め、心なしかホッとしているように見える。その後ろ姿を眺めながら、あたしは思う。この人は何故ごめんなさいが言えないのだろうと。

それでも明日は何事もなかったように、いつもの朝が始まるのをあたしは知っている。終わってみれば、どこか楽しんでいるかのようにすら窺《うかが》える、ママとパパの喧嘩。離婚騒動。結婚して四年以上が過ぎ、年イチでやってくる恒例行事のようなものとも言える。

喧嘩なんてしない方がいいに決まっている。あたしはずっとそう信じてきたけれど、ママとパパを見ていると、二人にとっては必要なプロセスなのかもと思えてくる。

それでも、あたしは蘭子のように軽く受け流すことができず、そのたびにドキドキ、ハラハラ、おどおどしてしまう。きっとそのせいで数年は寿命が縮んでいるはずだ。

こんな日は、蘭子のにおいが染み付いたウサギのぬいぐるみが、心を落ち着かせてくれる。片耳が曲がってしまったウサギを咥《くわ》えて寝床のケージに入ったあたしは、「夫婦喧嘩は犬も喰わない」なんて言ったのは一体誰なのだろう、と考えていたら、眠れなくなってしまったのである。

二　蘭子とあたし

あたしの名前は凜《りん》。

ママがパパと結婚する前は、ママと蘭子とあたしの三人で暮らしていた。そう、ママは再婚で、同時に蘭子とあたしに新しいパパができた。「佐々木《ささき》凜」改め「橘《たちばな》凜」、それがあたしのフルネームだ。

今の家にはママとパパが結婚したタイミングで引っ越してきた。それまではマンション暮らしだったから、狭いながらも庭のある家で暮らすことができて、一番喜んだのはあたしかもしれない。家の中でも自由に動き回ってはいたが、やはり外は開放感が違う。風の肌触りや草花のにおいが鼻先にぶわっとやってくるのは、生きていることを実感させてくれる瞬間だ。散歩に連れていってもらえない時でも、庭で自由に遊ばせてくれるだけで、ストレス解消になることをあたしは体感した。

犬にストレス？　と、ご存じない向きもあろうかと思うが、人間への気配り、気遣いの多い我らの種は、ストレスで病気になることが多い。という学説があるかどうか知らないが、たぶん、きっと、そうに違いない。

ママとパパが結婚して二年後、蘭子が中二の秋に蓮が生まれた。

蘭子は思春期真っ只中で、反抗期の最盛期だった。その頃の蘭子は、喋ったら損をするとでも思っているかのように、口が重かった。ママに「あいさつくらいしなさい！」と叱られたことも一度や二度ではない。そんな時はプイッと横を向いて、息を吐き出すように「ウザッ」と呟くのを、あたしの耳は何度も拾った。

半年以上そんな状況が続いていたから、ママとパパはよく頭を抱えて二人でヒソヒソ話していたものだ。でもあたしはあまり心配していなかった。本質的な部分で、蘭子は何も変わっていなかったから。

自分の部屋では蘭子は今までと変わらず、あたし相手にお喋りをしていた。蘭子の話を傍で傾聴するあたしは、さながらカウンセラーか。

「マジ、うざい。何でああいう言い方しかできないんだろう」

「何もわかってないくせに、知ったふうに言うから腹立つ！」

乱暴な言葉でママへの反抗心を露わにする蘭子だったが、喋りながらあたしを膝に乗せて、背中や首を撫でてくれる掌《てのひら》には優しさが溢れていた。

犬には反抗期なんて面倒なものはないが、大人になるのに時間がかかる人間には必要なステップなのだろう。自分でもどうにもならない苛立ちは、一番身近な親に向けるしかない。蘭子の場合、パパとの間には一定の距離があるから、どうしたって苛立ちの矛先はママに向く。

でも、そんな時期に弟が生まれ、蘭子はピタリと反抗期をやめた。やめようと思ってやめられるのか、と疑念をもたれるかもしれないが、蘭子の変わり身の早さは見事だった。四十歳のママは超難産だったらしく、ママの身を心底案じたことが、反抗期の幕引きにつながった、とあたしは見ている。

「私を産んだ時も命がけだったのかな」

あたしとの会話の中で蘭子がポツリと言ったひと言を、あたしは生涯忘れないだろう。

いつかあたしが人間の言葉を喋れるようになったら、ママに聞かせてあげたいエピソードだ。そして、我が家の平穏な暮らしに大きく貢献した蓮には、ノーベル平和賞を授与したい。

そんな橘家の荒波を乗り越え、無事に生まれてきた蓮も二歳半を過ぎた。身体も随分と大きくなって、家の中をドタバタと走り回っている。テレビの子ども番組を見ながら、歌ったり踊ったりしている姿は実に微笑ましい。いつの間にか日本語っぽい言葉を発するようになり、時々覚えたての英単語を挟んでくる。何だか人間らしくなってきたなぁ、と姉としては感慨深いものがある。

リビングで積木遊びをしている蓮の傍でウトウトしていると、

「凜、散歩行くよ！」

蘭子の声が聞こえた。あたしは小走りで玄関に向かう。

ゴールデンウィークとやらで、今日は学校も保育園もお休みらしい。お天気は快晴で散歩日和だ。それに蘭子との散歩も久し振りで、ちょっとウキウキしている自分がいた。

「凜、アンタ最近太った？」

細いハーネスをあたしの身体に付けながら蘭子が言う。大きなお世話である。そもそも、もう少し太った方がいいと鴨井《かもい》先生には言われているし、実際に体重はほとんど変わっていない、と思う。たぶん。

「蘭ちゃん、凛ちゃんの散歩行ってくれるの？　ありがとね」

お庭で植木の手入れをしていたパパが、声をかける。

「うん、ちょっと遠出するかもしれないけど、お昼には帰ってくるから、規夫さん、ご飯よろしく。行ってきま〜す！」

蘭子とあたしは勢いよく門を走り出た。

蘭子はパパのことを「規夫さん」と呼んでいる。知らない人からすると異様かもしれないが、蘭子はママのことも「楓さん」「楓ちゃん」と名前で呼んでいる。友だちに話す時は、「うちの楓が……」と呼び捨てだ。

ママとパパの教育方針としては、呼ばれた相手が嫌な気持ちになる呼び方をしてはならないというだけで、娘に名前で呼ばれることを自然に受け容れている。というか、寧《むし》ろ喜んでいるように見える。ちなみに、あたしは二人に敬意を表して、心の中でママ、パパと呼んでいる。

太陽はめいっぱい出ているけれど、陽射しは円《まろ》やかで肌に優しい。爽やかな風も気持ちがいい。あたしは春を感じられない肌寒い曇りの日は好きではない。そんな日は草木も憂鬱そうで、こっちまで気持ちが沈んでしまうから。

でも今日は春らしい快晴。蘭子の服装も、空のように鮮やかなブルーのシャツにベージュのパンツと軽やかだ。アレ、そのシャツ、もしかしてこの前買ったばかりのやつ？

いつもの散歩コースと違うなとは早くから気づいていた。そして、時間をかけて歩いて辿り着いたのは、広々とした公園だった。

一面芝生で、キャッチボールをしている親子連れや、サッカーボールを蹴っている男の子の姿が見える。遠くの方から子どもたちの声が折り重なって聞こえてくる。

思いっ切り走り回れそうで、あたしは気持ちがフワフワしてきた。

蘭子が辺りをキョロキョロと見回している。ん？　何してるの？

「蘭ちゃ〜ん！」

蘭子を呼ぶ声が聞こえた。白いTシャツにジーンズ姿の男が、手を振りながらこっちに走ってくるではないか。

やっぱりそうか、そういうことだったか。蘭子が一人の時に家に来たことのあるアイツだ。あの時は、本を届けてくれたとかで玄関先で会っただけだから、顔は忘れてしまったが、くんくん、このにおいは覚えている。蘭子も走り寄る。

「優斗《ゆうと》くん、ごめん、待った？」

そうそう、そんな名前だった。

「今、来たばかりだよ」

「なら、よかった」

「凜ちゃん、こんにちは。今日も可愛いね」

優斗があたしの頭や背中を撫でる。まだ会ったの二回目なのに、馴れ馴れしい男だ。あたしは軽く睨んで優斗をかわした。

蘭子と優斗は近くにベンチを見つけて並んで腰を下ろす。ちょっとくっつきすぎじゃない？　あたしはさり気なく二人の間に身体を滑り込ませようとするが、ん〜狭い！

「凜、走っておいでよ」

蘭子がリードを外し始めた。

あたしが邪魔ってこと？　っていうか、ドッグランでもない普通の公園で、犬を勝手に走らせていいの？　もちろんあたしは知らない人に飛びついたり咬《か》みついたり、そんな野蛮なことはしない。身体の小さなあたしは人間に怪我をさせるほどの力もない。でも、やっぱりまずくない？

ん〜ん〜、でも走りたい！　あの緑の草の上にお腹をスリスリしたい！　その欲求に勝てず、あたしはベンチから飛び降りた。人がいない場所を選んで小回りに走ったり、全身をスリスリしたり。ヒャ〜気持ちいい！　楽しい！　遊びながらもチラチラと蘭子たちを観察するのは忘れなかったけど。

どれくらいそうしていただろうか。

「凜おいで！　帰るよ」

あたしは忠誠心溢れる飼い犬の体《てい》ですっくと立ち上がり、蘭子のもとへ走り寄る。本当はもっと遊びたかったけど、仕方がない。

蘭子の足元にお座りすると、優斗がまたあたしの頭を撫でた。

「凜ちゃん、またね」

あたしは精一杯の猜疑心を視線に込めて優斗を睨みつけた。（あたしは別に会いたくないけどね）と言ったが、声になったのは「ウ〜、ワン」という音でしかなく、そのことが今日は少し悲しかった。

優斗とバイバイした後、家に帰る道々、蘭子はいつものようにあたしに喋り始めた。

「凜は優斗くんのことどう思う？」

いや、急にそんなこと訊かれても……。

「バイト先で知り合ったんだけど、すごく真面目なんだよ。優しいし」

真面目で優しいって、それ普通じゃないの？

「このまま付き合うつもりだけど、楓ちゃんや規夫さんには内緒ね！　余計な心配されるの、めんどいから」

アラ、あたしには心配かけてもいいってこと？

「優斗くんはいっこ上で高三なの。大学受験があるし、私も推薦で大学に行きたいから学校の勉強は大事だし。だからお互いに勉強を優先しようって言ってくれてるのよ。ね、真面目でしょ？」

外見はチャラいけど、アイツ意外に真面目なのかな。っていうか、勉強優先って高校生なんだから、それ当然でしょ。

家に着くまで会話のメインテーマは優斗のことだった。蘭子の話によれば、優斗は関西の大学を目指していて、受験勉強が本格化する夏以降は会えなくなるから、こうして短い時間でも会える時は会おうということになったという。そんな時はいつでもダシに使ってもらってあたしは構わないけど、でもサ、無事に合格して遠くに行っちゃったら、もっと会えなくなるんじゃない？　蘭子のこと、忘れちゃうんじゃない？　新しい彼女ができたりして……そんな想像をしたあたしは、俄《にわ》かに蘭子のことが心配になった。何となく足取りも重くなる。

蘭子はそんなあたしに気づく気配もなく、優斗が通っている高校がいかに優秀な生徒が多いか、バイト先での優斗の評判がどれほど良かったかなど、優斗について語り続けた。

＊

あたしが蘭子の家で暮らし始めたのは、蘭子が小五の時だった。あたしたちの関係は昔から基本的に変わらない。蘭子はあたしに何でも話してくれる。ママやパパに言えないことも、友だちに言えないことも。

ママがパパと結婚することになった時、蘭子は六年生でまだ子どもとはいえ、思春期の難しい年頃だったから、複雑な心境をよく呟いていた。

「あの人、良い人みたいだし、ママが幸せになるなら喜ばなくてはいけないんだけど、今さら急にパパなんて呼べないよねぇ」

「ママを盗られるとかそんなふうに思うほど子どもじゃないんだけど（いや、十分に子どもですけど）、やっぱりある日突然他人と家族になるっていうのがねぇ……一緒に暮らすんだよ。うまくやっていけるのか自信もないし」

「でも、私が大人になった時、ママが一人で年をとっていくのを見るのもつらいかもなぁ」

などなど。

　そんなふうに自分の気持ちを言語化して、真っ直ぐ吐露することで、蘭子は徐々に気持ちの整理をつけていったように思う。あたしはアドバイスできる立場ではなかったから、傾聴するのみ。ただただ傍にいて蘭子を見守り、フサフサの身体を摺り寄せるしかできなかった。

　ちなみに、蘭子の実の父親は、蘭子が一歳の時に離婚して海外に行ってしまったらしい。その後の交流もなく、父親の記憶は何も残っていないようだった。父親へのこだわりがなかったことは、蘭子にとってもパパにとっても良かったのかもしれない。

　そして、その頃から蘭子はママのことを名前で呼ぶようになり、パパなんて呼べないと悩んでいたのも、「規夫さん」と呼ぶことで自分なりに折り合いをつけた。最終的に辿り着いたのは、小学生らしからぬ現実的発想だった。

「ママ一人で働くより二人の方が、今より生活レベルはアップするよね。ってことは、欲しいものを買ってもらえる確率が高くなるってこと。それに今まで父親がいなくて困ったことはないけど、なんか可哀想な子、みたいに見られるのはすごくイヤだったし。あれ何て言うんだっけ？　世間体？　母親だけより父親がいた方が何かと都合がいいんじゃないかと思うんだ」

これにはあたしも恐れ入った。蘭子、恐るべし、である。

蘭子なりに必死にメリットを数え上げることで、不安要素を塗り潰そうとしていたのかもしれない。確かに、新しい家族での生活は、初めから順風満帆とは言えず、それなりにいろいろ諸々あれこれあった。でもその都度、あたしにぐちぐちと不満や疑問をぶつけながらも、生来ポジティブシンキングの蘭子は、一つひとつ解決し現在に至る、というわけだ。

いつも傍で支えてきた（つもりです！）あたしは、妹というよりは寧ろ姉か母親の気分である。蘭子も時々、「凜のおかげだよ」とか「凜は頼りになる妹だね」なんて言ってくれるから、それだけであたしはほんわかした幸せな気持ちになる。

そんな昔のことを思い出しながらぼんやり歩いていたら、家まであと五十メートルくらいだろうか。

「凜、走るよ！」

蘭子がいきなりダッシュした。お、速い！　バドミントン部で鍛えている蘭子は俊足なのだ。あたしも思いっ切り走る。悔しいけど蘭子に引っ張られる。蘭子、頼む！　もうちょっとゆっくり走ってよぉ。昔はこんなことなかったのに。あたしも歳をとったということだろうか。いやいや、そんなことはない。アレ、あたしって何歳だっけ？　六歳だ……ハァ、ハァ、苦しい～。そういえば、人間にしたらママと同じくらいって。わっ、脚がもつれるぅ。ハァ、ハァ、キツ～！

あたしは走りながら、朝、蘭子に言われたことを思い出していた。

「凜、アンタ最近太った？」

この日、あたしは生まれて初めてダイエットに挑戦しようと決意したのだった。

三　犬だって夢をみる

人はよく「犬は家族の中で序列を作る」と言う。飼い犬をしっかりと躾けるためには、飼い主の方が上位であることを犬に知らしめることが肝心だ、とか。

あたしはそんなこと考えたことないけれど、あえて言うなら、あたしの中で一番はやっぱりママだ。何たってあたしを家族に迎え入れてくれたスポンサーであり、最高責任者だから。

後から聞いた話によると、犬を飼いたいと言い出したのは、ご多分にもれず子どもである蘭子だ。

「毎日散歩もするし、ご飯もあげる。自分でちゃんと面倒みる。約束するから！」

ママを見事にその気にさせた立役者である。五年生になった蘭子は、犬を飼うという覚悟のほどを真剣に語り、それまで頑として認めなかったママの心をぐらりと揺さぶったのである。

その頃、ママは役職がついて仕事が忙しくなり、蘭子に一人で留守番をさせることが多くなった。元々ママの辞書に「罪悪感」という言葉はなかったのだが、ある日突然、自分のせいで蘭子には寂しい思いをさせているかもしれない、という砂粒ほどの罪悪感情が芽生えたらしい。その砂粒が給料日にママをペットショップに向かわせた。

そして、ショーケースに数多《あまた》並ぶ可愛らしいワンちゃんたちの中から、ママと蘭子によって家族の一員に選ばれたのが、ヨークシャーテリア（ヨーキー）の生後三ヶ月のあたしだった、というわけである。

実際にママはとても忙しくて、家に居る時間は蘭子より短い。ママが残業で帰りが遅くなる時は、蘭子の帰宅時間に合わせて、よくおばあちゃんが来てくれていた。おばあちゃんが夕ご飯を作ってくれて、ママが帰ってくるまで家に居てくれたのだ。

そんな状況だったから、ご飯や散歩などあたしの面倒をみてくれたのは、専《もっぱ》ら蘭子だった。予防接種や健康診断で病院に連れていってくれるのは、蘭子とおばあちゃん、時々ママという感じ。少なくとも、ママが再婚するまでの一年以上は、蘭子中心にあたしの生活は成り立っていた。

序列の話に戻るが、そういうわけで、あたしの生命維持とＱＯＬ（クオリティ・オブ・

ライフ）向上に大きく貢献してくれた蘭子を、自分より下とは口が裂けても言えない。つまり、二番は蘭子である。

さて、①ママ、②蘭子、③凛（あたし）の家族に、その後パパと蓮が加わることになるのだが、この先何がどう変わろうと、ママの一番は不動である。そこは譲れない。好物の鶏のささみを一年分プレゼントされても、揺るがないあたしの矜持である。

そして、後から家族になったからといって、パパを自分より下位に置くこともできない。ママの大事な人だし、蘭子の父親になってくれた人である。しかも、あたしのご飯や散歩は今では蘭子よりパパの方が貢献度は高い。これらの理由から、パパを二番に据えてあげたい気持ちはある。「据えてあげたい」と言うあたりが既に上から目線なのだが（苦笑）。でも、これまで共に生きてきたあたしと蘭子の関係、深い絆、これは一朝一夕に築けるものではないから、蘭子の二番も動かしがたいのである。

ということで、必然的に、①ママ、②蘭子、③パパ、④凛（あたし）、⑤蓮、という構図ができあがる。誤解がないように言うと、蓮はあたしより下といっても、バカにしたり蔑んだりする存在では決してない。あたしの方がエライとも思わない。後から生まれてきて、しかもまだ人間になりきっていないのだ。それは守るべき存在ってことで、あたしにとっては、目や耳に入れても痛くないほど可愛い弟なのである。

＊

今日は朝から一日中雨で、散歩に連れていってもらえない。お庭にも出られない。こんな鬱陶しい日は、家の中で走り回る気にもなれない。ある時、ダイエットを決意したものの、ご飯を残せば皆が心配するし、運動量を増やそうと思ってもこれまた難しいので、早々に諦めた。

「凜は小型犬なんだから、毎日散歩に行かなくてもいいんだけど、運動不足になるから、階段の上り下りをしなさいよ」

ママは他人事のように言う。そう言われても、一人で留守番をしながら階段の上り下りなんて面白くも何ともない。つまり、序列トップのママに百遍言われても、そんなことはしないのである。その結果ダラダラと昼寝をする時間が長くなるのを、誰が責められようか。

ソファの上は気持ちがいい。皆が出かけてしまった後はソファで過ごすことが多い。ソファでくつろいでいると、すぐに眠気がやってくる。

ハッと気がつくと、まだ赤ちゃんだった頃の蓮の姿が視界に飛び込んできた。

そういえば、蓮が生後六ヶ月の頃、こんなことがあった。初めて一人でお座りができたと皆で喜んでいた時、あたしも傍で喜びを分かち合っていた。不意に蘭子が「お手！」と言うので片手を前に出すと、

「凜じゃないよ、蓮に言ったの」

と蘭子。えっ？　これって人間もやるやつなの？　ママまでが涼しい顔で言うではないか。

「そうよね、お座りができたら次はお手よね、普通」

それ普通なの？　あたしは初めて知った事実に衝撃を受けた。

「凜もすぐにできるようになったんだから、蓮もできるよね？」

ママと蘭子は何度も「お手！」を繰り出し、何度目かに蓮はスッとその紅葉《もみじ》のような手をママの掌に載せた。おっ、やったじゃん！　あたしはママや蘭子の拍手に合わせて心の中で拍手を送った。その時、キッチンに立っていたパパが何とも言えない複雑な表情で見ていたのが記憶に残っている。

そう、蓮はその頃の赤ちゃんの姿で現れた。でも動きは赤ちゃんなのに身体が巨大化している。身長はパパよりずっと大きいではないか。想像してほしい。四頭身の赤ちゃんの身長が三倍、四倍になったら、頭の大きさはどれほどになるか。蓮よ、一体何があった？

その巨大化した蓮がハイハイしながら、ドスンドスンとこっちに近付いてくる。

「りんちゃん、まてまて〜」

二オクターブは低い声だ。蓮の可愛い顔はそのままだが、正直可愛いとは思えない。というレベルではなく、マジ怖い！　ニコニコ笑っている赤ちゃんの顔もあんなに大きいと恐怖でしかなかった。

あたしは必死で走った。蓮から逃げた。いつの間にかそこは森の中で、鬱蒼と木が生い茂り、デコボコの細い道が続いている。その道をあたしはひたすら走った。もうこれ以上走れないというくらい走って後ろを振り返ると、追っ手の姿はない。

あたしがホッと息をついて座り込んだ次の瞬間、目の前に再び蓮の形をした巨大生物が現れた。ひゃぁ〜！　その時点であたしは体力の百二十パーセントを使い切っていて、もう一歩も動けない。

「りんちゃん」

あたしを呼ぶ低く唸るような声は、もはや蓮のものではない。その巨大生物は「りんちゃん」と呼びながら、あたしの身体に覆い被さろうとしている。

耳元で囁く声がする。

「りんちゃん、ボクはにんげんだから、りんちゃんはボクのいうことにしたがうんだよ」

お前は人間なんかじゃない！　あたしは反論したかったけれど声にならない。でも命は惜しかった。このまま全体重をかけられたら、あたしは間違いなく死ぬ。

「はい、わ、わかりました！　何でも言うこと聞くから、お願い、助けて！」

あたしは巨大生物に向かって精一杯の声で懇願し続けた。

……目が覚めると、リビングには保育園から帰ってきた蓮とパパがいる。

「蓮、ダメだよ。凛ちゃんにバスタオルかけたりしちゃ」パパの声だ。

「凛ちゃん、ごめんよ。気持ちよさそうに寝てたから、蓮が自分のお昼寝用のバスタオルをかけてあげたんだよ。凛ちゃんには重かったよね」

畳んだままのバスタオルは重かった。重かったし怖かった。四頭身のハイハイしていたビッグ蓮は、いつもの二歳児の大きさに戻っている。

「りんちゃん、ごめんなさい」

蓮は身体を縮こませて頭を下げた。

いいよ、いいよ。あたしを気遣ってやってくれたことなんだから。そう蓮に伝えながら、目の前のしおらしい蓮と巨大化してあたしを屈服させようとした蓮が、頭の中でシンクロしていた。あたしはその映像を頭の中から振るい落とすように、ブルブルッと身体を振ってから大きく伸びをした。

蓮は体力を持て余しているようで、室内を走り回っている。最近の蓮は追いかけっこが大好きだ。家の中でも外でも、「りんちゃん、まてまて～」と言いながらあたしのことを追いかける。まだ早く走れないから、あたしは適当なところで足を止めて、蓮に「捕まえた！」と言わせてあげるシナリオだ。蓮は上機嫌で「もっかい（もう一回）！」と、何度もせがむ。

蘭子は二歳児相手に手加減せず本気で逃げ回るので、いつまで経っても捕まえられない蓮は面白くなくて、終いには泣き出す。結果、あたしが相手をすることが多くなる。蘭子よ、もう少し大人になってくれ。そう、この追いかけっこ、結構疲れるのである。

今日みた夢は、この遊びから解放されたいという深層心理が呼び起こしたものなのか、はたまた柄にもなく家族の序列について考えたことに端を発しているのか、あたしにはよくわからない。

一日中家に居てたくさん昼寝をしてしまったけれど、不思議と運動不足が解消されたように感じるのは、ひたすら走った夢のせいだろうか。

*

あたしは時々人間になった夢をみる。夢の中のあたしは、年の頃三十代前半といったところか。髪は蘭子ほど長くないが、ママほど短くもない肩までのボブスタイル。身長は低めで痩せている。小柄なのは人間になっても変わらないようだ。

どんな夢だったか細かい内容はすぐに忘れてしまうが、夢の中で人間になっている時はいつも同じ姿形をしている。着ている服まで同じだ。まるでテレビアニメの登場人物のように、あたしは夏でも冬でも赤いセーターを着ていた。

そして、夢から覚めると決まって頭の中がもやもやして、何か大切なことを夢の中に忘れてきてしまったようなもどかしさがやってくる。夢の中の人間から、現実世界の犬に戻るギャップのせいだろうか。

この前みた夢は、あたしがいつも行く動物病院が舞台だった。

背が高く笑顔が素敵な鴨井先生は、あたしたち患者の間でもファンが多い。ママと蘭子も、よく「鴨井先生イケメンだね」なんて話しているから、ファン層は相当厚いのではないかと推察する。

かく言うあたしも鴨井先生が大好き！　あたしの夢への最多出演賞で表彰してあげたいほど、たびたびご登場いただいている。あたしが犬の時も人間の時もあるから、どうしたって出番は多くなるってわけ。

その夢であたしは動物病院の看護師になっていた。赤いセーターの上にピンクのナースウェアを着ている。我ながらなかなかよく似合っているではないか。

そして診察に訪れたのは、美容室で時々会うビションフリーゼのミルクちゃんだった。ミルクちゃんは真っ白で全身フワフワモフモフだ。

「ミルクちゃん、こんにちは。体調はどうですか～？」

鴨井先生はいつもオープンクエスチョンで、上手に聴き取りをする。鴨井先生の声は渋いバリトンで、凪いだ海面のように穏やかだ。ミルクちゃんもその声音で、リラックスしているのがわかる。

「ワン！（ハイ、元気です！）」

看護師のあたしにはミルクちゃんの言葉がわかるが、あえて通訳はしない。

「最近は食欲も出てきて、特に変わりないです」

ミルクちゃんのママが答える。そう、ミルクちゃんは一時期ストレスからか、ご飯が食べられなくなって、痩せてしまったことがあった。鴨井先生も気にしている様子。

鴨井先生は大きな手で、ミルクちゃんの身体を丁寧に触診する。

「そうですね、特に心配なさそうですね。では、体重を測りましょう」

あたしは診察台のスイッチをオンにする。

「はい、ミルクちゃん、五・八キロ。体重も戻ってきましたね」

ホッとしたような鴨井先生の笑顔につられて、あたしも口角が上がる。ミルクちゃん、元気になってよかった。

次は採血だ。鴨井先生に目配せされて、あたしはそっとミルクちゃんを抱きかかえる。

当たり前だが、注射が好きな動物はいない。ミルクちゃんも状況を察したらしく、身体をよじった。

あたしだって患者の立場では同じだ。いつものことなのに、緊張から身体が固くなって逃げ出そうとしてしまう。これはもう条件反射なのだ。

そこで逃げるスキもストレスも与えずに抱えるのが、優秀な看護師の条件だとあたしは心得ている。どう抱っこされれば安心できるか身をもってわかっているのは、あたしの強みといえるだろう。

「はい、ミルクちゃん、すぐに終わるから大丈夫よ～」

あたしは優しく語りかけながら、ツボを押さえて抱きかかえる。ミルクちゃんのママが「ミルちゃん、おりこうさんねぇ」と頭を撫でる。

と、間髪を入れずに鴨井先生がしっかりと後ろ足を握り、サッと注射針を刺す。見事な早業だ。今日も犬にストレスを与えない鴨井先生の技が光る。

採血が済んで針を抜いた後にテープを貼るのは、看護師であるあたしの仕事だった。

「はい、もう終わりましたよ～。ミルクちゃん、よく頑張りましたね」

あたしがミルクちゃんに話しかけると、ミルクちゃんはアレ、いつの間に？　とキョトンとした表情であたしを見ている。

ミルクちゃんが診察室を後にすると、あたしは次の患者さんを診察室に呼び込んだ。患者はヨークシャーテリアの女の子だったが、名前が思い出せない。五十代の女性に抱かれたヨーキーに、鴨井先生は話しかける。

「凜ちゃん、こんにちは。体調どうですか～？」

え？　凜ちゃん？　よく見るとそれは確かにあたしだった。どういうことだろう。あたしは看護師なのに……。鴨井先生に確認しようとするが、もうそこに先生の姿はなかった。あたしは動揺する。本当のあたしはどっち？　看護師のあたしはヨーキーのあたしに何か伝えたいのだけれど、言葉が出てこない。アレ、あたしは何を言おうとしていたのだろう。ヨーキーのあたしは居心地が悪いのか、そわそわし始めた。

混乱ともどかしさがＭＡＸになったところで、あたしは目が覚めた。

知らない人も多いかもしれないが、犬だって夢をみるのである。でも一人二役の夢をみた経験があるのは、世界広しといえどもあたしくらいではないだろうか。

四　さっちゃんとあたし

朝のお庭フリータイムは心弾むひと時だ。外の空気をいっぱい吸い込むと、葉っぱのにおいが瑞々しい。この季節の空気は葉っぱのにおいが充満していてむせ返るようだ。まだ梅雨は明けていないが、夏がすぐそこまで来ているのが感じられる。ふぅ〜気持ちいい！あたしは地面に鼻をこすりつけて土のにおいを嗅いでから、お庭をぐるぐると歩き回る。

「凜ちゃん、ごめんね、今日は誰も散歩に行けなくて。しばらく庭で遊んでいていいよ」

パパの優しい声が響く。

そうだった。お庭フリータイムがあるということは、今日は散歩なしということだ。ガッカリだが仕方がない。

一人で散歩に行かせてくれればいいのに、と何度思ったことか。道に迷うことなく、誰にも迷惑をかけずに帰ってくる自信はあるが、世間的にそうもいかないのは承知している。あたしの並外れた物わかりの良さで、どれだけこの家族が救われているか。もう少し、あたしを敬ってほしいものである。

　テラスの傍で芝生のにおいをくんくんしていると、リビングからママとパパの話し声が聞こえてきた。

「母さんから電話があって、また腰の具合がよくないみたいなんだ。佐知《さち》のお迎え引き受けたから、夕飯はうちで食べさせて送って行こうと思うけど、いいよね？」

「もちろん構わないけど、順子《じゅんこ》さん大丈夫？　私もできるだけ早く帰るようにするし、夕ご飯何か買って帰ろうか？」

「大丈夫だよ。蓮は一人で遊んでくれるし、佐知はスケッチブックさえあればずっと絵を描いているから、ご飯ぐらい作れるよ。それに佐知は凜ちゃんが大好きで、凜ちゃんがいてくれれば、飽きずに楽しそうにしているから」

　パパはお庭を振り返り、あたしに向かって言う。

「凜ちゃん、今日は佐知が来るけど、よろしく頼むね」

　パパ、了解です。お任せあれ！　あたしは「ワン！」とひと言、優等生の返事をした。

　さっちゃんはパパの妹だ。パパにはもう一人悦子《えつこ》さんという妹がいるのだけれど、あたしは一回チラッと会ったことあるだけで、正直あまり覚えていない。

さっちゃんは時々家に遊びに来る。

さっちゃんのお母さん（順子さん＝蘭子のおばあちゃん）が入院した時には、何日間か家に泊まったこともあった。その時、ママと一緒にお風呂に入っていたのには、ちょっとビックリした。さっちゃんは二十九歳で、蘭子よりもずっと年上で大人なのに……と。

さっちゃんは、毎日「ひまわり」というジギョウショに通っている。普段はさっちゃんのお母さんが送り迎えをしているが、今日みたいに行けない時は、お父さんか、悦子さんか、パパが行くことになる。今日はパパがその役を引き受けたというわけだ。

絵を描くのが大好きなさっちゃんの鞄には、いつもスケッチブックとクレヨンや太い色鉛筆が入っている。さっちゃんは絵がとっても上手なのに、パパはよく「何を描いたんだ？」なんて訊いている。どうしてわからないのだろう。あたしにだってわかるのに。

さっちゃんはいつもニコニコしていて、喋り方は蓮に少し似ている。蘭子みたいに憎まれ口をきくこともないから、お喋りしていて楽しい。そう、さっちゃんとはたまにしか会えないけれど、言葉や気持ちが通じ合える、あたしの大切な友だちだ。

＊

「ただいま〜」

玄関からパパの声が聞こえた。アレ、今日はいつもより早くない？

「たあいま〜」

「たらいま〜」

続いて聞こえたのは、蓮とさっちゃんの声だ。

そうだった、今日はさっちゃんが来ると言ってたっけ。あたしは走って玄関に向かった。パパ、蓮、お帰り〜。さっちゃん、いらっしゃ〜い！

「凜ちゃん、こんにちは」

さっちゃんは、あたしを抱き上げる。手に力が入っていてちょっと痛い。久し振りで緊張しているのかな。

「ホラホラ、佐知、まずは靴を脱いで上がろう。それから手を洗うよ。蓮も自分で靴を脱いでごらん」

パパは蓮の通園バッグとさっちゃんの鞄と、スーパーの買物袋を持っていて両手が塞がっている。こんな時、何も手伝ってあげられないもどかしさを感じるあたし。さっちゃんはあたしを降ろして、上がり框《かまち》に後ろ向きに座った。マジックテープが付いた靴を履いているので、自分でマジックテープを外すためには、しっかり座らないとできないからだ。これもあたしには手伝ってあげられないから、さっちゃん、頑張って！　と応援する。

蓮はとっくに玄関から移動していたが、スニーカーはひっくり返ってバラバラに脱ぎ捨てられている。まったく！　いつもママに脱いだ靴を揃えるように言われているのに。蓮は二歳児の分際で、早くも人を見て態度を変えるという狡さを身に付け、パパの時は脱ぎっ放しだ。パパは「いつかはできるようになるから」と躾には寛容だ。というか無頓着だ。これもママとパパの喧嘩の原因になることが多い。

さっちゃんは、指先の力の入れ加減がうまく調節できないようで、靴を脱ぐのに時間がかかっている。右足は一人でできたが左足のマジックテープで苦戦していると、荷物を一旦リビングに置いてきたパパが応援にやってきた。

「ごめんよ～佐知、靴脱ごうな」

パパがマジックテープをベリッと外すと、さっちゃんは安心したように靴を脱ぎ、「おじゃましま～す」と言って、お尻をくるりと回転させた。

リビングのソファに座って、さっちゃんが描く絵を見ながらお喋りするのが、あたしとさっちゃんのいつもの過ごし方だ。それはとても心穏やかな平和な時間になる、はずだったのに、今日は蓮の邪魔が入った。

「いあっしゃいましぇ～おいしいおいしい、いかがでしゅかぁ～」

不完全な日本語を発しながら、蓮がアイスクリーム屋さんの玩具を持ってきた。さっちゃんとあたしにお客役を強要してくる。有無を言わせない蓮のいつものやり口だ。二歳児の辞書に「遠慮」という文字はないらしい。さっちゃんは、バニラ味のアイスクリームを指さす。

「これ、くらさい」

「おまちくらさ～い」

蓮はコーンの上にピンクのアイス部分を載せて、「はい、どーぞぉ」と差し出す。

おいおい、注文と違うだろ。あたしは心の中でツッコむが、蓮には伝わらない。得意の押し売りだ。「しゅとおべりー」と覚えたての英単語を添えるいやらしさは、一体誰に似たのだろうか。

でも、そこはさすがのさっちゃん、大人の対応をしている。

「れんくん、ありがとう」

「りんちゃんも、はい、どーぞぉ」

蓮はあたしの前に、ブルーベリー味のアイスクリームを置く。あたしもブルーベリーよりバニラがよかったんだけど。

「もっかい！　いあっしゃいましぇ～おいしいおいしい、いかがでしゅかぁ～」

いつものように、何度も繰り返しを求める蓮。さすがに五回目くらいでさっちゃんの表情が険しくなってきた。

さっちゃんは基本的に穏やかで優しい人なのだが、意に沿わないことを強制されたり、逆に好きなことを中断されたりすると、拒絶反応が現れることがある。誰だってイヤなことはイヤと拒否したい。でも言葉巧みに表現するのが苦手なさっちゃんは、ギリギリまで我慢してしまうのだ。そして極限に達すると、「ん～」と唸り声を発したり、地団駄を踏むように足をドタバタさせたりすることがある。そろそろ限界かなと感じたあたしは、パパにヘルプを求めた。

「ワン！」

「凜ちゃん、どうした？」

キッチンで夕飯の仕度をしていたパパが気づいて、こちらを見てくれる。きっと蓮やさっちゃんの声は聞こえていたから、状況は察してくれたのだろう。

「蓮はこっちに来て、パパのお手伝いをしてくれるかな」

パパの一言で、蓮は玩具を放り出して、ダッシュでキッチンに向かう。一瞬でアイスクリーム屋からシェフに変身する様は見事だ。またの言い方を、節操がないとも言う。

蓮ができるお手伝いは限られているが、今日は絶好の食材が用意されていた。

昨日、おばあちゃん（ママのお母さん）から、新鮮なそら豆と絵本『そらまめくんのベッド』が届いたからだ。絵本は昨夜ママが蓮に読み聞かせをしていて、あたしも傍で聞いていたが、なかなか含蓄のあるストーリーだった。さすが、おばあちゃん！

パパがそら豆とボウルをダイニングテーブルの上に置く。

「蓮、そら豆くんが中でネンネしているから、ベッドから出してあげてくれるかな」

パパが鞘を捻り、蓮が豆を取り出してボウルに入れる。

「こぉ？」と確認する蓮に、「そうそう、上手だよ」「お手伝いありがとね」とパパは上手によいしょするから蓮はご満悦だ。人間の子どもはこうして達成感を自信に変えて成長していくのか。まぁ犬も似たようなものですが。

ふぅ〜、やっと大人の時間がやってきた。パパありがとう。さっちゃんは、はぁ〜っと大きく息を吐いてから、あたしを見てホッとしたような笑みを浮かべた。

あたしが、（今日は「ひまわり」どうだったの？）と促すと、さっちゃんは無言で黄土色のクレヨンを取り出し、スケッチブックに何やら描き始めた。（これはパン？）見ていると、美味しそうな焼きたてパンの周りを、黄色やピンクのふわふわした楽しい気持ちが取り囲んでいる。さっちゃんはこうやって気持ちを絵に描くのが得意だ。（美味しそうなパンだね。さっちゃん、パン好きなんだっけ？）あたしの問いかけに、さっちゃんはゴクリと唾を飲み込んでから、ポツリポツリと話し始めた。

「さち、パン屋さんやりたい」

「ナミちゃん、とおるくん、パン屋さん」

「さちハコだけ。つまんない。パン屋さんがいい」

あたしは一瞬、さっちゃんは将来パン屋さんになりたいのかな、と思ったけれど、違う違う、「ひまわり」の話だった。

さっちゃんは「ひまわり」で、お菓子の箱の組立てをやっていると聞いたことがある。厚紙を折ったり重ねたりする単調な流れ作業らしい。どうやら、他にパンを作っているグループがあって、さっちゃんはお友だちが参加しているパン作りのグループに参加したいようだ。

この世の中、頑張ったらできるようになることと、一所懸命努力してもできるようにならないことがあるってことに、六年間生きてきたあたしは薄々気づいていた。

例えば、あたしが人間の言葉を喋れるようになるかというと、極めて難しいだろうことは何となくわかってきた。でも諦めたらそこで終わりになってしまうので、かすかなる希望を捨ててはいない。

さっちゃんがパン作りをすることは、頑張ればできるようになることなのか、努力では解決しないことなのか、あたしには判断がつかなかった。だから、まずは思いを伝えることを応援しようと思った。

（「ひまわり」の先生やお母さんに、言ってみたらいいんじゃない？　やりたいって言ってみて、さっちゃんが頑張ったら、できるかもしれないじゃない？）

「おかあさんダメって。先生に言う」

どうやら、お母さんには伝えたけど却下され、先生にはまだ言ったことはないようだ。何事も初めから諦めていては叶うものも叶わない。挑戦して頑張ってみることは誰でもできる初めの一歩だ。それは人間も犬も同じだよね。

スケッチブックを捲って、さっちゃんは今度はお友だちの話をしながら描き始めた。髪をツインテールにした赤いワンピースの人は、一番の仲良し、ナミちゃん。お休みの日には、一緒に公園に行くこともあるんだって。それから、青い服を着ているのはとおるくん。スケッチブックの上には、よく晴れた空と緑豊かな公園が描かれ、とおるくんを真ん中にして、ナミちゃんとさっちゃんがいた。さっちゃんは黄色が大好きだから、黄色い服の人がさっちゃんだということは、聞かなくてもわかる。

とおるくんは背が高くて、走るのが速いらしい。そういえば特別支援学校の時から一緒だったとおるくんの話は、前にもさっちゃんから聞いたことがあった。運動会ではいつも一等賞で、「ひまわり」のスポーツ大会でも大活躍したとか。

そっかぁ……あたしは気づいてしまった。とおるくんのことを話す時のさっちゃんは、ちょっと恥ずかしそうでもあり、嬉しそうでもあるということに。さっちゃんの頬はほんのりピンクに染まっていて、あたしはついニヤニヤしてしまう。ウフフ。

さっちゃんとあたしがお喋りに夢中になっている間に、いつの間にかママと蘭子も帰ってきていた。

パパの声を合図に夕ご飯だ。

「佐知、もうご飯できたから、手を洗っておいで～」

あたしも自分のケージに移動する。今日のご飯はいつものフードにそら豆を細かくしたのが添えてあって、一瞬後ずさりしてしまった。パパごめんなさい。せっかくあたしにも旬の味を分けてくれたけど、このにおいはあまり得意じゃないもんで。残させていただきます。ハイ、ごめんなさい。

皆のご飯は、エビとそら豆のパスタにオニオンスープだった。そら豆のにおいをガーリックが包み込み、エビの香りとよくマッチしている。パパが作るご飯は、家族を笑顔にする。今日はさっちゃんも一緒で賑やかな食卓だった。

「れんくん、そらまめくん、おてつだいしたよ」

蓮がママにお手伝いアピールをしていると、ピンポ～ンと玄関チャイムが鳴った。

あたしは反射的に玄関に走る。インターフォン越しに、「こんばんは～」と聞き覚えのない声が聞こえたので警戒心が首をもたげ、思わず「ワンワン！」と大きな声が出てしまった。

「あれ、悦子だ」

モニターに映った人を見て驚いたようにパパが言う。訪れたのは、パパの妹でさっちゃんのお姉さんの悦子さんだった。

「ご飯中だった？　ごめんなさいね。兄さんのスマホにメッセージを送ったんだけど既読にならないから、来ちゃったわよ」

出迎えたパパにそう言いながら、悦子さんはリビングに入ってくる。

「こんばんは。お義姉さん、ご無沙汰してます。今日は佐知がお世話になってすみません。

蘭ちゃん久し振り〜、わぁ蓮くん大きくなったねぇ」

早口で挨拶する悦子さんには、あたしのことが見えていないのだろうか。すすっと擦り寄ってみる。

「あら、凜ちゃんもこんばんは〜」

やっと気づいてくれた。尻尾が勝手に反応する。

悦子さんはパパの両親とさっちゃんと一緒に暮らしている。今日は予定より仕事が早く終わったので、車でさっちゃんを迎えに来たとのことだった。

「兄さんも忙しいのに、送ってもらったら悪いから」

そう言って悦子さんは、さっちゃんの画用紙やクレヨンをせっせと片付け始めた。

「悦子はお茶でいい？」

「お構いなく。どうぞ食事続けてください。ここで待たせてもらうから」

悦子さんはソファに座って、さっちゃんの荷物をまとめながら、おばあちゃんの腰の具合がよくなったことなど、これまた早口で報告している。

さっちゃんがパスタを食べ終わると、もう悦子さんの腕にはさっちゃんの鞄が抱えられていた。

「さ、佐知、帰るよ」

どうやら悦子さんのせっかち度は、ママといい勝負みたいだ。

さっちゃんは急き立てられるように立ち上がり、ほんの少し名残惜しそうにあたしの方を見た。

(さっちゃん、次はいつ会えるかわからないけど、離れていてもあたしたちの友情は永遠だからね)あたしはそっと囁く。

風のように去っていく悦子さんとさっちゃんを皆で見送りながら、あたしは(パン屋さんの夢が叶いますように!)とさっちゃんの背中に熱いエールを送った。

五　初めての家族旅行

最高気温が三日連続猛暑日を観測したという八月のある日、リビングのカレンダーを睨んでいたママが突然叫んだ。

「涼しいところに旅行に行こう！」

ママとパパが結婚してから、家族旅行は一度も実現していない。結婚当初は思春期の蘭子が、「二人で行けば？」とつれなかったし、まもなく反抗期に突入して家族旅行どころではなくなった。そうこうする内に新型コロナウイルスが流行し、コロナ禍の只中でのママの出産、蘭子の高校進学……と家族旅行が実現する条件が整わないまま、月日は流れた。

実を言うと去年の夏、旅行の計画が持ち上がった。蘭子も高校生になり、蓮も一歳半を過ぎた。コロナ禍による制限された生活にも疲れが出てきたところ。蘭子が北海道か沖縄だったら行ってもいいと言い出し、二泊三日の北海道旅行に向けて、ママもパパも、それはそれは嬉しそうに準備に余念がなかった。ところがなんと、前日に蓮が高熱を出して、あえなくキャンセル。

　こんな経緯を辿った橘家の旅行事情。今年はママの仕事が立て込んでいて、やっと目途が立ったようだ。今月の最終週なら夏休みがとれそうだと言う。家族の予定を書き込んであるカレンダーを見ていたママは、パパのシフトや蘭子の予定も空いている日があることに気づき、うだる暑さに喘ぎながら声高に叫んだのだった。

「涼しいところに旅行に行こう！」

「今から予約なんてとれないいんじゃない？」

　そんなパパの懸念をものともせず、ママは果敢にスマホに向かい指を滑らせる。

「今年は海外も含めて遠出する人が多いみたいだから、近場なら意外と予約とれるって職場でも話題になっていたのよ。去年の教訓を活かして、遠出は諦めて車で行ける場所にすれば、万が一蓮が熱を出してもキャンセル料は宿泊費だけで済むし。グランピング？　みたいなコテージ貸し切りなら蓮が走り回っても周りに迷惑かけないし。どう？　いいと思わない？」

　ママの勢いは止まらないが、一瞬スマホの画面を繰る手が止まった。

「ホラ、空いているところあるよ！　蘭子〜」

二階にいた蘭子を呼んで、勢いのまま家族会議が始まった。

三人それぞれがスマホを駆使して調べたが、パパの予想通りどこも満室。今から予約できるコテージはママが見つけた一ヶ所だけだった。しかも辛うじて一泊のみ。

それでもコテージ一棟貸し切り、温泉設備あり、朝・夕食付。夕食は高級バーベキュー食べ放題・飲み放題、準備・片付け不要という文句のつけようもない内容だった。初めは旅行自体乗り気でなかった蘭子も、写真を見ているうちに、「へぇ～いいじゃん」とその気になった。

会議で話し合うまでもなくママが予約を入れ、カレンダーには赤い花丸が二つ書き込まれた。

実はこの間、あたしのそわそわは止まらなかった。初めての家族旅行、それは何よりである。でも皆が旅行に行っている間、あたしはどうなるんだろう。それがずっと気になっていた。去年はおばあちゃんちに預けられることになっていたが、急な話で今年もそうなるとは限らない。

お隣さんにはワンちゃんと猫さんがいるが、家族旅行の際にはペットホテルに預けられると聞いたことがある。旅行の話が出た時、正直あたしはそんな展開になることを覚悟していた。ペットホテルなんて経験ないから不安しかないけれど、それはそれで仕方がない。あたしは自らの立場を弁《わきま》えているつもりだ。でもできることなら、どちらかのおばあちゃんちに行きたいなぁ。それが正直なところだった。そんなことを考えながら、あたしは気持ちを落ち着かせるために、室内をうろうろと歩き回っていた。

「凜も一緒に行くよ」

え？　ママの声が天使の声に聞こえたのは、生まれて初めてかもしれない。あたしは立ち止まってママを見上げる。あたしも連れていってくれるの？　不覚にもウルウルきてしまう。

「家族旅行だからね」

パパの声は神の声だ。

「はしゃぎすぎて迷子になったら、凜は置いて帰るよ」

蘭子は悪魔の声だったけど、それってあたしも一緒に行くってことじゃない！

こうして、我が家の初の家族旅行が実現したのである。

＊

そして当日。天気は快晴。

目的地は高速道路を使って車で二～三時間の近場ではあるが、夏休み終盤ということもあって、駆け込み日帰りドライブ組で渋滞が予測された。このため、朝六時出発、という予定を確認して、昨夜は皆早めに就寝したのだった。

あたしは早起きして、パパが用意してくれたフードをさっさと食べる。いつもより時間が早いせいか、半分も食べたらお腹が一杯になってしまったが、トイレもしっかり済ませて準備万端。

が、しかし……である。リビングの時計の針が六時を指し示している、その時。

洗濯も朝食準備も済ませ、皆の荷物を玄関まで運び込んだパパは、一人そっとため息をついていた。

ママはパパが用意したサンドイッチを頬張りながら、ダイニングテーブルでメイク中。

「楓さん、もう六時になってるからね」

パパは若干のイライラ感を滲ませつつ、寝ぼけ眼の蓮を着替えさせている。

あたしは、皆の邪魔にならないように、ママのメイクを眺めていた。ママの顔が外出バージョンに塗り替えられていく様は、何故かワクワクするのだ。

つと、あたしは自分の髪が気になった。玄関の鏡に映してみると、よし！　昨日蘭子が結んでくれたオレンジ色のリボンは、よく似合っているではないか。ウフ、可愛い。

パパが今度は二階に向かって叫んでいる。

「蘭ちゃ～ん、起きてる～？」

お、ここはあたしの出番だ。パパ、任せて！　あたしは階段を駆け上がると、蘭子の部屋のドアを両手、ではなく両前足でカリカリする。この程度では起きない時もあるが、さすがに今日はもう起きているだろう。

「ふぁ～凛、おはよう」

すぐにドアは開いたが、欠伸しながら姿を現したのは、パジャマ姿の蘭子だった。今起きたんか～い！　もう六時過ぎてるよ！　言葉が喋れないあたしは、蘭子の脚に飛び付いて着替えを促す。

「わかったよぉ。すぐ着替えるから待っててよ」

蘭子は普段から、目覚めてから出かけるまでの動きが素早い。せっかちなママの三倍速のスピード感だ。あっと言う間に外出着に着替えた蘭子と一緒に階段を降りていくと、リビングから蓮が愚図っている声が聞こえてきた。おいおい、どうした？

「今日はお泊まりだから、大きい玩具はやめとこうよ」

パパの説得にも屈せず、蓮はアイスクリーム屋さんの玩具を両腕で抱え込んで放そうとしない。

「れんくん、これもってくの～」

なるほど、そういうことね。状況を察知したあたしが、何か助け船を出せないかと思案していると、メイクを終えたママがつかつかとやってきた。

「蓮、キミはもうすぐ三歳になるんだから、自分の荷物は自分で持つんだよ。持てるよね？　はい、どうぞ」

ママは蓮の前に小さいリュックを置いた。既に蓮のリュックには、替えのスタイや食事用エプロン、紙おむつなど必需品が詰められている。

蓮は鼻水をすすりながら、アイスクリーム屋さんとリュックを交互に見比べる。はぁ～と諦めの息を吐くと、リュックの空きスペースにイルカの人形を押し込んだ。絵本も詰めようとしたが、そこまでのスペースはなく、諦めた様子でリュックを背負おうとしている。

ママ、さすがです！

そんなこんなで、出発したのは七時を回っていた。

パパはハンドルを握りながら、早くも横顔には疲れが滲み出ている。

「皆さぁ、決められた時間は守ろうよね」

蓮はもとよりママも蘭子もパパの話など聞いていない。

車内にはリピートで「はらぺこあおむし」の歌が流れている。最近の蓮のお気に入りの曲だ。蓮は流れてくる音楽に合わせて（合っていなくて微妙にずれているが）、夢中で歌っている。

「ここのお店行きたいんだけど、どうかな？」

「ん〜うどんかぁ。私はこっちのイタリアンの方がいいな」

ランチのお店調べに余念がないのは、ママと蘭子だ。

そんな冷たい仕打ちを受けてもめげないパパは、心底エライと思う。助手席にいるあたしはキャリーケースの中から、パパに頑張れビームを送った。唇を少し尖らせたまま運転に集中しようとするパパは、健気な小学生みたいだ。

やがて、車は速度を落とす。高速道路を下りたようだ。そこから少し走り、動物ふれあい園に到着した。

蓮は楽しみにしていたようで、入園するなり大はしゃぎだ。ここはキリンや象など大きな動物も多少はいるが、小さい子どもでも動物と触れ合える広場がメインとなっている。蓮は次々と場所を移動し、物怖じせず羊やアルパカに餌をあげたり、ウサギやモルモットとじゃれ合ったりしている。

あたしはというと、ウサギは正直怖くて近付けなかった。今にも飛びかからんばかりの獰猛な目で、あたしを睨んでくる。その目が「お前何しに来た?」と恫喝ビームを放ったので、あたしはリードの長さいっぱいに奴から離れ、蘭子を引き寄せた。

「何よ、凛、アンタ怖いの? ウサギ可愛いじゃん」

怖くて悪いか。あたしは蘭子の長い脚にしがみ付いた。ウサギが可愛らしいのは絵本やアニメ映画の中だけで、現実世界のウサギは警戒心が強く攻撃的だった。あたしはこれから蓮の絵本の中のウサギを見る目が変わると思う。どんなに可愛く描かれていたとしても、本性を知ってしまった以上、その見た目に騙されることはない。

広場から少し歩くと牧場があって、その隣にソフトクリーム屋さんがあった。蓮が大きなソフトクリームが描かれた看板を目敏く見つけた。「アイスクリームたべるぅ!」とキャーキャー言いながら走っていく。以前よりだいぶ速く走れるようになり、慌ててパパが追いかける。

大好きなソフトクリームを買ってもらい、ご機嫌で頬張る蓮。濃厚で美味しいと評判のソフトクリームなので、皆で食べることになった。想定内だがあたしの分はない。蓮の足元でお零れを待つあたし。（こぼせ、こぼせ）呪文を唱えるも、こんな時に限って上手に食べる蓮が恨めしい。

食べながら蓮が突然、独り言のように疑問を呟いた。

「うさぎはらびっと。もるもっとはえいごでなんていうのかな」

蓮は最近Eテレの番組やユーチューブで英語の動画をよく見ている。日本語も覚束ないのに、「りんごはあっぷぅ、おおかみはうぅふ、きょうりゅうはだいなそー」などと一人でよく喋っている。

「モルモットはモルモットじゃないの？」

現役高校生の蘭子は興味なさそうに疑問で返す。

「え～何だっけ？　英語は苦手」

パパは早々に白旗を挙げる。

「モルモットはモルモットじゃないけど、何だか忘れた」

ママも無責任だ。

二歳児の質問に誰も答えられないんか〜い！　とあたしは内心突っ込みを入れ、蓮がどう切り返すのか、期待を込めて耳を澄ませた。すると、

「アイスクリームおいしいねぇ」

ズリッ。あたしは思わずコケそうになる。蓮は抱いた疑問のことなど既に忘れたようで、探求心の希薄さにあたしはちょっとガッカリした。やはりコイツはもっと鍛えてやらねば。

それにしても、家族揃ってベンチに座ってソフトクリームを食べている光景は、何とも言えず温かい。あたしはうっとり見惚れてしまった。湯気が立ち上っているようなほのぼの感は、夏の暑さのせいではない。皆で同じものを食べながら交わす他愛のない会話は、何種類かの楽器で音楽を奏でているようだ。心地良い。ふぁ〜何だか眠くなってきた。

動物ふれあい園を出ると、お昼ご飯の時間になっていた。結局ママご推奨のうどん屋さんで食べることになったようで、あたしは車の中でお留守番。お店の人にお願いして、エンジンをかけっ放しにしてくれたおかげで、エアコンの利いた車内は快適だ。ボーッとしていたら、また眠くなってきた。いつもの生活と違うことが多かったからか、あたしは疲れて爆睡。目覚めた時にはコテージに到着していた。

そこは見渡す限り樹木が生い茂っていて、森の中の一軒家という風情だ。二階建てのコ

テージは周囲の景色に溶け込みながら、存在感を放っている。まだ陽は高いけれど、木陰は涼しくて風も爽やかだった。

「わぁ～いいところじゃない」

ママの声はいつになく弾んでいる。

蘭子に抱っこされて玄関を入ると、吹き抜けの天井は遥か高いところに見えた。あまりの高さに首が痛くなる。

「凛、中を探検しようよ」

あたしは蘭子と一緒に、リビングルームに足を踏み入れた。広さ自体は家のリビングと変わらないが、天井が高いから開放感があってずっと広く感じる。

「やったぁ、おっきいおうちだぁ～」

蓮は無邪気にリビングを走り回る。

蘭子とあたしは、続いて一階のキッチンやトイレ、洗面所、お風呂と見て回る。白を基調とした水回りは、どこもピカピカに磨かれている。生活感はないが、清潔感溢れる空間には、おもてなしの心が見て取れる。

階段を上がって二階に向かうと、二階はツインのゲストルームが三室あった。一通り見

て回った後、蘭子は富士山が望める部屋に戻り、

「私、この部屋に決めた！」

リュックを投げ出して、「ヤッホー！」とベッドにダイブする。

あたしもジャンプしてベッドに飛び乗り、蘭子の隣でくつろぐ。皺一つなくベッドメイキングされたベッドは石鹸のにおいがした。そうか、蘭子は今夜ここで寝るのかぁ。あたしは？　ケージはないから、キャリーケースで寝るのかな。蘭子と同じこの部屋で寝たいなぁ。

「ここにいたのね」

ママが部屋に入ってきた。

「夕ご飯はテラスでバーベキューなんだけど、六時になったら係の人が準備に来るみたいだから、降りてきてよ」

「ラジャー」

蘭子はママの顔も見ずに、ベッドにうつ伏せのまま片手を挙げる。

「凛は下のリビングにお水置いといたから、喉が渇いたらおいで」

ママはそう言って部屋を出ていった。

動物ふれあい園を出てからお水を飲んでいなかったことを思い出し、あたしはママの後を追って階段を降り……るつもりが固まってしまった。一段目を踏み出そうとしたところで、怖くて脚が竦《すく》んでしまったのだ。上る時は意識しなかったが、家の階段と違って板と板の間に隙間があって下がよく見える。身体の小さいあたしは隙間から落ちてしまいそう。恐怖のあまりヘンな声が出てしまった。キュイ～ン。

振り向いたママの顔には、意地悪そうな色が浮かんでいる。

「凛、アンタこの階段怖いんでしょ？」

怖いです、怖いです。オシッコちびりそうです。抱っこしてください。ママ～！

「もう、しょうがないわね」

ママは降りかけた階段を戻り、「はい、おいで」とあたしの方に両手を伸ばす。あたしがママの腕の中に飛び込もうとすると、その腕をサッと引っ込めた。おっとぉ～落ちるよ～

怖い！　キュイ～ン。

こういう意地悪なところ、ママと蘭子はよく似ている。パパは絶対にしないよ。

「あはは、怖いよねぇ」

ひとが怖いって言っているのに（聞こえてないか！）。ママはニヤニヤしながらあたしを抱っこして、階段を降りていく。また寿命が縮んだのは間違いない。ママ、あたしを玩具にして遊ぶのはやめてくださいな。密かに苦言を呈しておく。

お水を飲んでカーペットの上でくつろいでいると、どこからともなくいろんなにおいが漂ってきた。もう六時になったのだろうか、係の男の人二人がやってきて、手際よくテラスにバーベキューコンロや椅子をセッティングし始めた。食材が運ばれてくると、お腹がギュルギュル鳴ってしまうほどいいにおい。あたしはそわそわしてしまう。こんな時は何故だかじっとしていられなくて、リビングを意味なく歩き回る。気を紛らわせるため、ママが用意してくれたトイレで用を足していると、蓮の声が聞こえた。

「わぁ〜しゅご〜い！　ごちそうだねぇ」

リビングから覗いてみると、蓮が言う通り、並べられた食材は事前のアナウンスに偽りなく、とても豪華なものだった。お肉は牛・豚・鶏と揃っていて、魚介類も有頭エビやイカの隣に大きな貝が並んでいる。あれは何ていう貝だろうか。野菜だっていつも家で食べる野菜と新鮮さが違うのがあたしにはわかる。トウモロコシにピーマン、なす、南瓜にオクラ、あれは何だっけ？　そうそうズッキーニだ。どれも近所の農家さんから仕入れた採れたてらしい。新鮮な野菜は水分や野菜本来の旨味を多く含み、香りが強くて美味しいに決まっている。準備している時からにおいが充満していて、あたしは堪え切れず涎《よだれ》を垂らしてしまった。さり気なく足で拭いてごまかしていると、

「ママ〜りんちゃん、よだれ」

マズイ、蓮に見られていた。やだ、こっち指さないでよ。三歳を前にして、日に何枚もスタイを交換しているキミに言われたくないんですけど。

「ホントだ、濡れてるね」ママがティッシュで床を拭きながら、「蓮の涎じゃないの？　凛のせいにしてない？」と息子に疑いの目を向ける。

「れんくん、ちがうよ。りんちゃんのよだれ！」蓮は必死で無実を訴える。

「別にどっちでもいいんだけど、凛なの？」

ママがじっとあたしの目を見る。やだ、やだ、やめてください。あたしはこうしてママに見つめられると嘘がつけない。平身低頭。ごめんなさい、あたしがやりました。

「ホントに凛だったのね」

ママは犯人扱いした息子に謝罪もせず、可笑しそうにパパに報告している。

「凛ちゃんの涎なんて見たことないけど、よっぽどお腹が空いてるのかな」

パパに言われて気がついた。そう、あたしはお腹が空いていた。朝ご飯は落ち着かなく

て少ししか食べられなかったし、ソフトクリームも蓮が零さなかったから。いつものドッグフードでいいから、早く食べたいなぁ。

バーベキューのセッティングも終わったようで、ママとパパはテラスに降りて、係の人の説明を聞いている。二階から降りてくる蘭子の足音が聞こえた。

「蘭子は蓮が危なくないように見ててね」

ママに言われて、蘭子は蓮と一緒にテラスに降りて、食材を覗き込む。

「うわっ！　蓮、見てごらんよ。家では絶対食べられないレベルのお肉いっぱいあるよ」

「ハンバーグは？」

蓮の間の抜けた反応は無視して、蘭子は蓮の手を引き飲物コーナーに向かう。あたしもテラスに降りて、蘭子と一緒に蓮を見守ることにした。

ママとパパがビールを飲みながら、肉や野菜を焼き始めると、炭火の香ばしさが加わり、一段と美味しそうなにおいが立ち込める。

「二人とももう飲んでるの？」

「飲み放題だからね、お水代わりよ」

「うん、このビール最高！　蘭ちゃんも美味しそうなフレッシュジュースがあるよ」

ママもパパもご機嫌だ。パパに言われるまでもなく、蘭子はどのジュースを飲もうか迷っていた。飲物コーナーには、オレンジ、グレープフルーツ、マンゴー、ミックスの四種類のミキサーが並んでいる。どれも生のフルーツがふんだんに入っていて、飲む直前に攪拌した方がよさそうだ。

「蓮はオレンジジュースでいい？」

「れんくんは、あっぷぅ」

「あのね、見てごらん。リンゴジュースはないからサ、オレンジでいいよね」

渋々蓮が頷いていると、パパが焼けたお肉や野菜をお皿に載せて持ってきた。牛ヒレ肉は蓮が食べやすいように小さくカットしてあり、トウモロコシが添えてある。

「蓮のこと見てるから、蘭ちゃんは自分で食べたいもの持っておいでよ」

あたしは、お皿とお箸を持った蘭子に付いていった。蘭子が良い加減に焼けた牛肉やエビをお皿に取っていると、

「野菜もすごく美味しいよ。意外とこのズッキーニがイケる」

ママのお皿はカラフルな野菜がてんこ盛りだ。

「食べ放題なんだからさぁ、私は野菜より家では食べられないもの食べる」

蘭子はそう言うと、口を開いた大きな貝をお皿に載せた。あたしはにおいでこの大きな貝がホタテだと気づいた。そうか、ホタテ貝はこんな大きな殻に入っているんだ。ホタテのバターと醤油の香りがあたしの空腹感をＭＡＸに押し上げた。ん〜あたしも食べたい！

「凜ちゃんのご飯はここに置くよ」

絶妙なタイミングで、パパが蓮の椅子の近くにあたしのお水とお皿を並べてくれた。ドッグフードは控えめな量で、そこに小さくカットした牛肉とトウモロコシ、ブロッコリーが混ぜてある。パパ、最高です！　ありがとう。いただきます！

しばしの間、あたしはちょっとはしたないくらいに、一心不乱に食べ続けた。美味しい！　美味しすぎる。人間は毎日こんなに美味しいものを食べていたのかぁ……あたしはよく蓮の食べ零しをこっそりいただくが、今日はあたしのためにパパが取り分けてくれた。その味は格別だ。

お腹いっぱい食べて眠くなったあたしは、蘭子の膝の上でうとうとしていた。昼間の暑さはどこへ行ったのか、澄みきった風は涼やかで心地よい。空気に湿り気がない分、爽やかで過ごしやすい。

いつの間にか、バーベキューコンロや食材は片付けられ、テーブルには飲物と軽食、フルーツ、スイーツなどが並んでいる。蓮は寝入ってしまったようで、リビングのソファから微かに寝息が聞こえていた。ママとパパはデッキチェアでくつろぎながらワインを飲み、蘭子は冷たい紅茶を飲んでいる。

「楓さんの急な思い付きだったけど、来てよかったね」

パパがしみじみ呟く。ワインは既に二本目のボトルが空になりそうな勢いだ。ビールも相当飲んでいるように見えたけど、ママもパパも大丈夫？

「そうだね。蓮も楽しそうだったし、食後の片付けしなくていいのは最高！　あと三泊くらいできたら嬉しいなぁ」

「それは予算的に無理でしょ。でもまた、秋は無理でも春とか、蘭ちゃんの受験勉強が本格化する前に、もう一回どこか行こうよ。蘭ちゃんが落ち着かないなら、大学が決まってからでもいいけど。北海道のリベンジはどうかな？」

パパは朝の疲れはどこへやら、橘家第二回家族旅行に向けて、声に熱を帯びる。

「私はいいから、三人で行ってくればいいじゃん？」

蘭子のつれなさは反抗期のそれとはまるで違う。それはそうだよね。家族より友だちと一緒の方がいいよね。大学受験が終わったら、親友の詩織《しおり》ちゃんと旅行に行く計画があるのを、あたしは知っている。

「そんなこと言わないで、また皆で行こうよ」

簡単にはめげないパパは、やっぱりエライ。

「見て、見て！　星がすっごい綺麗だよ」

話を逸らすように、蘭子が頭上を指さす。ママもパパも同時に夜空を見上げた。漆黒に染まった空には、無数の星が瞬いているようだ。あたしの目にはよく見えないけれど、蘭子の膝の上で、その感動と興奮は伝わってくる。

人間が旅行に行く意味に、あたしも触れられたような気がした。それは、非日常体験とでも言おうか。日頃行かない場所に行き、見たことのないものを見て、普段食べないものを食べて……家族皆で同じ時間と空間を、もっと言えば喜びや感動を共有する。それが家族旅行の醍醐味なのだとあたしは知った。また行こうと言うパパの気持ちはとってもよくわかる。

知らないうちに寝入ってしまったあたしが明け方目覚めた時には、蘭子のベッドの中だった。わおぅ！　蘭子と一緒に寝たのは何年振りだろう。

あたしがママと蘭子と暮らし始めた頃は、ママにダメと言われても蘭子はあたしと一緒に寝ると言って聞かなかった。ところが、中学生になった頃から、蘭子は一人の時間を求めるようになり、いつしかあたしもケージで寝るようになった。

初めての家族旅行は、たくさんの初体験にワクワクがいっぱいで、楽しい二日間だったけど、でも一番嬉しかったのは、久し振りの蘭子の腕枕かなぁ。

六　幸せの味

あたしたちの世界では、生まれて一〜二年も経てばもう立派な成人、いや成犬である。それなのに、人間は何故こんなにも未熟なのか、蓮を見ているとつくづく思う。いや、でもだからこそ、蓮は可愛い。無条件に可愛い。先んじてこの世に生を受けた姉の立場としては、遅々として進まない成長もまた愛おしく、味わい深いものがある。教えてやらねばならないことが山ほどあって、これからの成長が楽しみである。

その蓮がいつもより早く、パパと一緒に帰ってきた。おかえり〜今日は早いね。

「蓮、大丈夫か？」

パパはいつになく慌てた様子。最近は歩いたり走ったりすることが楽しくて仕方のない蓮も、珍しくパパに抱っこされてぐったりしている。これは只事ではない、ということくらいあたしにだってわかる。

リビングのソファを倒して、パパはそこに蓮の布団を敷いて寝かせた。傍に行ってみると、蓮は赤い顔をして呼吸も荒かった。どうやら熱が高いようだ。こういう時はパパが保育園にお迎えに行って、病院に連れていくことが多い。今日もそんな流れだったようだ。

パパは熱が高い蓮のためにお粥を作り始めたので、あたしは蓮の枕元で見守ることにした。じっと見ていると蓮が話しかけてくる。

「りんちゃん、れんくんおねつ、がんばった」

どうやら熱が出てつらいけれど頑張っていることを、あたしにアピールしているようだ。

蓮、お熱つらいね、でも頑張ろうね、とあたしも励ます。その後も蓮はあたしの顔を見て話しかけてくる。

「りんちゃん、※#&$%……」

残念ながら何を言っているのかさっぱり理解できない。熱のせいか、普段に増して発音が不明瞭なため、「りんちゃん」も「いんたん」にしか聞こえない。今はあまり喋らない方がいいんじゃない？

パパがお粥を持ってやってきた。

「さあ、蓮、お粥を食べよう」

身体を起こして膝に抱っこするが、蓮はひと口食べると、「コレ、ちがう」と顔を背けてそれ以上食べようとしない。蓮は二歳児ながら、柔らかいご飯があまり好きではないのだ。

仕方なくパパがお粥を下げて、スポーツドリンクをカップに入れて持ってくると、蓮はすごい勢いで飲み始めた。一気飲みして「っはぁ～」と息を吐く感じは、パパがビールを飲んだ時のようで、めちゃくちゃ美味しそうに見える。

スポーツドリンクというのは、そんなに美味しいものなのだろうか。ちょっと薬っぽいが甘いにおいが漂っている。あたしも飲んでみたいなと思った。とってもとっても飲んでみたくなった。

上目遣いにパパを見ると、察したのだろうか。

「凜ちゃんは飲めないよ」

そう言われると余計に飲みたくなるのが人情（？）というものではないか。追い打ちをかけるように、蓮が言う。

「おいし〜もっと〜」

それを聞いたらもう我慢できなくなった。パパがおかわりを持ってきた時、あたしは堪え切れずにパパの脚に飛び付いた。その拍子にカップが揺れてスポーツドリンクが床に数滴零れる。やった！　すかさず舐めると、おぉ、確かにこれは美味しい！　ちょっと薬臭いけど、クセになる甘みがある。

「凛ちゃん、もしかして今わざとやった？」

パパはニヤニヤしながら睨んでいる。あたしはブルブルッと全力で否定してみせたが、パパに見抜かれていたのは間違いなさそうだ。でも怒らないから、やっぱりパパ大好き！

＊

今日は珍しく蘭子も夕方早めに帰ってきた。ただいまも言わずにリビングに入ってくる。

「蓮が熱出したって？」

「蘭ちゃん、お帰り。あれ、今日はバイトじゃなかったの？」

「楓ちゃんから連絡があって、今日はどうしても残業しないといけないんだって。規夫さん一人だと大変だから、帰れたら早く帰ってあげてって。バイトは先輩が代わってくれたから大丈夫」

「ありがとう、助かるよ。一応ただの風邪みたいなんだけど、熱が高くて何も食べないんだよねぇ。さっき座薬入れて眠ったから、少しは熱も下がると思うよ」

バイトは先輩が代わってくれた？　それってもしかして優斗？　あたしはその疑惑を解明すべく、着替えのために二階に上がっていった蘭子の後を追う。そういえば、最近は優斗の話を聞いてないけど、うまくいっているのかな。

「凜、アンタも蓮のこと心配して面倒みててくれたんでしょ？　ありがとね」

外は雨が降り出したのか、湿った髪をタオルで押さえながら、蘭子が話しかけてくる。

そりゃ可愛い弟のことですから、心配しますよ。面倒くらいみますよ。

「今日はね、急だったけど夏美《なつみ》先輩がシフト代わってくれたのよ」

普段着に着替えながら蘭子は言う。先輩って優斗じゃなかったのか。予想が外れて、あたしは気が抜けてしまった。カーペットに腹ばいになって、横目で蘭子を見る。

「もしかして凜は、先輩って優斗くんのことだと思った？」

一瞬、蘭子に心の声が聞こえたのかと思ってギクッとした。全身がピクリと震えて、目線が泳いでしまう。いや、別にそんなこと思っていないし。アレ？　優斗くんって誰だっけ？　とぼけてみるが、気がついたらあたしは部屋の中央に置いてある、ガラステーブルの周りをぐるぐる回っていた。

「やっぱそうなんだ。そんなに動揺しなくていいよ。凜はホントにわかりやすいね」

蘭子はケラケラと笑う。そんなに本気で笑わなくてもいいでしょ。

「凜に話してなかったっけ？　優斗くんは受験勉強に専念するから、もうとっくにバイト辞めてるよ」

聞いてないし。あたしはちょっとムクれた。

あたしには蘭子の考えていることが大体わかる。言葉にしなくても心で感じ取れる。そしてそれは蘭子も同じだ。あたしは人間の言葉は喋れないが、蘭子には何故か伝わってしまう。ママもあたしのことをわかってくれるけれど、蘭子との関係とは少し違う。蘭子とは一緒に居る時間が一番長かったし、何といってもコミュニケーション量が格段に多い。対等なコミュニケーションを通じて築いたあたしたちの絆は固いのだ。さっちゃんは親友だけど、蘭子はさながら戦友のような存在だと、あたしは勝手に思っている。

それはそれとして揺るぎないものだけれど、最近は蘭子やママだけでなく、パパにもあたしの心の内を読まれていることが多々あるということに気づいた。スポーツドリンクの一件も然りである。

パパと暮らし始めた頃、蘭子はパパにあたしのことをこんなふうに話していた。

「凜は単純で嘘をつけない子だから、目を見れば大体のことはわかるよ。それと疚《やま》しいことがあるとコソコソ隠れたり、身体を縮こませたりするから態度でもわかる。嬉しい時には抑えようとしても、尻尾をフリフリしちゃうからバレバレ！」

単純で悪かったね。

着替えを済ませた蘭子と階下に降りていくと、蓮が目を覚ましていて、機嫌良さそうに積木で遊んでいた。帰ってきた時より、顔の赤みもとれたようだ。熱は下がったのかな。

パパは夕食の仕度にとりかかっている。

「私は規夫さんのご飯の準備を手伝うから、凜、アンタは蓮のこと見てて」

蘭子に言われ、了解！　とあたしは蓮のもとへ駆け寄った。

蓮のおもちゃ箱にはアンパンマンワールドの人形がいくつかあるが、いつもその中の誰かを抱っこしている。最近の蓮のお気に入りは、ピンクの服を着たあかちゃんまんだ。既に積木は放置して、あかちゃんまんを床に座らせている。玩具のキッチンで作ったハンバーグを前に置き、「どうぞ〜」といつもの一人ままごとだ。赤ちゃんはハンバーグ食べられないじゃない？　とあたしは蓮を見たが、蓮にあたしの指摘は届いていない。

「りんちゃんもどうぞ〜」

あたしの前にはお皿に載った人参が出てきた。人参は食べたことないが、あのにおいはあまり好きではない。玩具の人参からは、蓮の涎のにおいしかしないけれど、生の人参のにおいよりはマシか。鼻先で玩具の人参を転がしていると、夕食の準備が一段落したらしく、蘭子がブラシを持ってやってきた。

お、ブラッシングしてくれるのかな。あたしの被毛は時々ブラッシングしないと絡まって毛玉ができてしまう。ブラッシング自体は特に気持ちが良いものではないが、誰にやってもらう時でも、必ず膝に抱っこしてくれるから、それがあたしの楽しみだ。蘭子はカーペットにペタリと座ってあたしを膝の上に乗せ、背中からブラッシングしながら話しかけてくる。あ〜しあわせ！

「ねえねえ、蓮も凜もあかちゃんまんが男の子だって知ってた？　こんなピンクの服着てるけど、男の子ってところがジェンダーレスでいいよね」

正直あたしにとってはどうでもいい話である。蓮も意味がわからずキョトンとしている。蘭子はいつだって蓮を赤ちゃん扱いせず、あたしを犬扱いしない。

「私は服がピンクだから女の子って思い込んでいたんだけど、こういう先入観よくないよね。蓮の絵本で『どんないろがすき』ってあるじゃん？　その中でも、赤が好きなのは男の子だし、青は女の子なのよ。私が小さい頃は、赤やピンクは女の子の色、青や緑は男の子の色、みたいな固定観念あったんだよねぇ。あれって何だったんだろうね」

蘭子のジェンダー一人語りは、ブラッシングに合わせて延々と続いていた。あたしは段々眠くなってくる。蓮はいつの間にかパズルで遊び始めていた。コイツは大体ひとの話を聞いていない。このまま不実な大人にならないよう、教育してやらねばならぬ。

「ご飯できたよ〜さぁ食べよう」

パパの号令が聞こえた。

「蓮はもう玩具片付けな。凜もご飯あげるから待ってて」

蘭子はそう言いながら、蓮と一緒に玩具を片付け始める。

蘭子さま、あたしを犬扱いしないのなら、ご飯も人並みにお願いしたいのですが……。

上目遣いに蘭子を見るが、蘭子はお水とドッグフードを用意している。やっぱダメだよね。

リビングに置かれたケージの前で、あたしはお行儀よくお座りをして蘭子を待つ。まぁそれはそれで幸せなひと時ではある。

キッチンからは美味しそうなにおいが漂っている。お粥が苦手な蓮のために、パパは肉団子と野菜たっぷりの煮込みうどんを作ったようだ。

厳しい残暑に抗うような献立だ。パパはこんな暑い日に熱い物を食べるのが好きらしい。おでんは夏に限るというのがパパの持論で、おでん冬派のママとむきになって議論していたことがあったっけ。食事に関して真剣に議論できるというのは、平和な家庭を象徴しているようで微笑ましい。

今日の夕食はパパと蘭子と蓮の三人で食卓を囲んでいる。あたしは蘭子に用意してもらったいつものドッグフードを食べながら、食卓風景を眺めていた。

「人参がちょっと固い」蘭子が言うと、

「あ、ごめん。煮方が足りなかったかな」とパパ。

「でも、メッチャ美味しい」

そう言いながら蘭子はうどんをすすっている。その様子を見て、すっかり家族らしくなったなぁとあたしはしみじみ感慨に耽っていた。

蘭子によれば、パパは料理が上手らしい。あたしも一度でいいからパパのご飯を食べてみたいと思っている。あたしのご飯はいわゆるドッグフードが中心だから、ママとパパの料理の腕の違いはわからないが、パパが作ったご飯を「楓のご飯の百倍美味しい」とよく蘭子が言っている。

百倍というのもあたしにはわからないが、もしかしたら目の前にあるお水と、今日初めて味わったスポーツドリンクの味くらい違うのだろうか。そうだとしたら、蘭子はパパのご飯によって、あたしが感じたのと同じくらいの幸せを感じているということになる。

そんなことに思いを巡らせながらドッグフードを噛みしめると、ほんのり甘い香りが口の中に広がった。

七　ママのテレビデビュー

ママがテレビに出るという。えっ、ママは女優さんになったの？

昨日の夜、食卓を囲んでの会話である。

「ワイドショー番組でうちの商品を取り上げたいって先週取材を受けたんだけど、それが明日放映されるんだって」

「そういえば、うちの店長が言ってたよ。他の店舗に取材カメラが入ったたって」

ママとパパは職場も仕事の内容も違うから、最初の頃はわからなかったけれど、しばらくして同じ会社で働いているらしいと知った。

「それで、楓さんもテレビに映るの？」

パパは自分のことのように声を弾ませている。

「取材は私が窓口になって対応したけど、企画や店舗での商品の紹介がメインだから、映るとしても私は一瞬だと思うよ」

「一瞬でもすごいじゃん、明日の何時？　何ていう番組？」

蘭子も興味津々。

「東日テレビの朝十時からのワイドショー。いくつかの企業が紹介されるから、うちが取り上げられるのは十五分程度みたいよ。取材は四時間もかかったのにね」

「へぇ～そうなんだ。取りあえず録画しとこ」

蘭子はテレビのリモコンを操作している。

「録画なんかしなくていいよ」

ママは照れてるのだろうか。滅多に見せないはにかんだ笑顔が可愛らしい。

「明日の夜、ご飯を食べながら皆で見よう」

パパの提案に、異を唱える者はいない。理解が追い付かない蓮に蘭子が説明する。

「キミのママが明日テレビに出るんだって」

「テレビみる、ママみる」

「明日だよ、あ・し・た」

家族にとって明るい話題は会話が弾む。その晩、あたしは楽しみすぎてワクワクするあまり、なかなか寝付けなかった。

夜が明けると、朝から皆忙しそうだった。パパはたまに回ってくる早番だったみたいで、メチャクチャ早く出かけたし、蘭子も朝練があるから早く出かけるんだって。

「凛、今日は散歩なしだよ！」

蘭子がお庭に出られる掃き出し窓を開けてくれる。ハイ、了解！　やっぱり外の空気は美味しい。

残暑が鳴りを潜めたかと思うと、再び盛り返す。それを繰り返しながら、季節は少しずつだが着実に秋に向かっている。朝晩の寝苦しさはすっかり緩和され、過ごしやすい季節がやってきた。秋の訪れを心待ちにしていたのは人間だけではない。犬だって同じだ。今年の夏は特に暑かったからなおさらだ。

朝早い時間のお庭フリータイムは最高だ。ヤッホー！ あたしは庭中走り回って、芝生に鼻やお腹をスリスリする。

お庭でのんびりフリータイムを堪能していたあたしの耳に、ママのカリカリした声が飛び込んできた。

「あぁ、もう時間がない！ 凜の手も借りたい！ 蓮、早くご飯食べちゃって！」

凜の手も……って。あたしは猫か？ 猫よりは人さまのお役に立てている自負はあるが、そうはいってもあたしができることといったら、皆さんのお邪魔にならないように大人しくしていることくらいですから。ハイ、大人しくしてます。

蓮はママのイライラカリカリに全く反応せず、マイペースでパンやフルーツを頬張っている。こういうところパパに似ているな、とあたしは分析している。もう少し大きくなったら、パパと二人してマイペース全開で、ママに感情逆なでビームを発するのだろうか。

それはちょっと勘弁してほしい。想像しただけで恐ろしい。

「じゃ行ってくるね」

朝の嵐が去り、最後にママが蓮を連れて出かけると、家の中に静寂が訪れる。

やれやれ、やっと一人の時間だ。犬だって周りに気を使わずに過ごせる時間がほしいし、一人になって考えたいことは山ほどある。あたしの頭の中では、あんなことやこんなことがぐるぐると巡っていた。

＊

ママはいつも忙しい。あたしが知っているママは、せっかちで常に前のめりに走っているイメージだ。

あたしがママと蘭子に迎え入れられた頃は、ママは一人で働きながら家事をこなしつつ、蘭子のことを第一に考えて生活していた、と記憶している。家事はおばあちゃんに相当助けられたが、ママの代わりになれるわけではない。

ママは蘭子とのコミュニケーションをとても大事にしていたし、蘭子と一緒に過ごす時間をできるだけ確保する工夫をしていたのを、あたしは知っている。仕事を家に持ち帰り、夜中にパソコンを叩いている姿を見るにつけ、あたしはそんなママの役に立つことはできないだろうかと悩んだこともあった。でも考えれば考えるほど、自分の無力さを思い知らされるばかりだった。

パパと結婚したら、少なくともそれまで一手に担っていた家事を分担できて、ママはラクになるのだろうと、あたしは勝手に思っていた。特にパパは家事能力が高くて、しかも好きときている。正直あたしは環境が変わることへの不安は少なからずあったけれど、それよりもママの負担が減ることへの期待の方が大きかった。

ところが、ママが家事に当てていた時間は、結婚後そっくりそのまま仕事に振り替えられた。どうやらママはその頃、忙しい部署に異動になったようで、パパが働き方を変えて家事を一手に担うことで、ママの負担軽減を図った経緯がある。

パパはママと結婚する前は、お惣菜販売店のエリアマネージャーとして忙しく働いていたらしい。結婚を機に、思春期の蘭子を慮り、マネージャー職を辞退して店舗勤務の平社員に降格を願い出たと聞く。

さらに蓮が生まれた後はパパが育休を取得し、育休明けと同時に時短勤務を希望して、できるだけ育児に関われるようにと再び働き方を変えた。ママより六歳若いパパの方が社内での立場上、融通が利きやすかったという事情もあったようだ。

その話を聞いた時、世の中変わったもんだと、おじいちゃんたちは溜息交じりに、おばあちゃんたちは弾む声で話していたのを、あたしはよく覚えている。ん？　この違いは何？　未だによくわからない。

何にせよ、我が家ではこういった家族に関わることは、何でも話し合いで決めている。ママとパパ、そして議題によっては蘭子も会議メンバーの一員となって、話し合いは行われる。

そして、誰も気づいていないかもしれないが、あたしは常にオブザーバーとして参加している、つもりだ。それぞれ率直に自分の考えを伝えるから、時には言い合いになることもあるが、あたしはずっとこの家族会議を見守ってきた。この会議を通じて家族への理解を深めてきたと言っても過言ではない。

蓮が生まれてから、家族会議の頻度は増した。どちらがいつまで育休を取るか、保育園の送迎や日常の育児をどう分担するか、から始まり、離乳食はいつから開始するか、自力で動き始めた蓮が怪我をしないように家具の位置をどう変えるか等々、数え上げればきりがない。

　こと育児に関して、蘭子は「私は親じゃないから」と滅多に自分の意見を言わなかった。ただ、パパの育休明けの働き方について話し合われた時は、蘭子の意見がその決定に大きな影響を及ぼしたのだった。

「保育時間が長くならないように、時短勤務に変えてもらおうと思う」

　パパがそう言い出した時、ママは初め反対だった。

「そこまでしなくても、どちらかが七時までにお迎えに行くことはできるんじゃない？」

「そうかもしれないけど、長時間の保育はまだ小さい蓮に負担がかかるから、可哀想だよ」

「そんな子いっぱいいるでしょ。可哀想とかじゃないよ。育休をとったことで規夫さんのキャリアアップも当分難しいし、時短勤務になったらなおさらじゃない」

「収入が減ってしまうのは申し訳ないけど、キャリアとか僕は全然気にしてないよ。このままずっと時短ってわけじゃないから。本当は蓮が可哀想っていうよりも、僕自身がそうしたいんだよ。ゆとりをもって蓮の成長に関わりたいというのが本音」

「私の給料だけでも、ギリギリ何とか生活できると思うからお金のことはいいんだけど、何も時短にまでしなくても……」

その時、蘭子が「私は」と言葉を挟んだ。ママとパパが今まで存在を忘れていたかのように、改めて蘭子の顔をじっと見る。

「一歳、二歳の小さい頃のこと覚えているわけじゃないけど、いつも保育園でお迎えが最後になるのは結構しんどかった。最後の方は先生も一人か二人で、居残りメンバーの常連は二〜三人しかいないし。寂しいという気持ちももちろんだけど、何がしんどいって、一日保育園で過ごすとやっぱ疲れるんだよね。早く帰って家でゴロンってしたい、っていつも思っていた気がする。保育園は嫌いじゃなかったけど、緊張する場所だったと思う」

蘭子はそう言ってから、慌てて、掌をヒラヒラさせる。

「楓ちゃんを恨んでいるわけじゃないよ。マンツーマンで先生に遊んでもらったり、内緒でおやつをもらった楽しい思い出もあるし。ただ、もし規夫さんが時短勤務にしたいと思うなら、蓮にとってそれは絶対に悪いことじゃないんだから、楓ちゃんが反対する理由なくない？　って思っただけ」

当事者である子どもの意見は説得力がハンパなかった。

「そんなに気になるなら、期限を決めればいいじゃん」

蘭子の提案により、ママとパパは話し合いの結果、三歳になるまでという区切りを決めた。そうしてパパは時短勤務に移行したというわけだ。でも人の好いパパは、時短勤務と言いながらも、人手が足りない時は休みの日でも出勤したり、残って仕事をしたりしているから、時々ママと喧嘩になる。困ったものである。

いずれにしても、家族で話し合って決めたことにあたしは口を挟むつもりはないし、残念ながら挟みたくても挟めない。あたしはただ、皆のことを心配しているだけだ。特にママの働きすぎについては昔から心配しかしていない。

そしてママの働きすぎをあたし以上に心配しているのはパパだった。家事・育児の負担がパパに偏っていることへの不満がゼロとは言わないが、それよりもママが身体を壊さないかという心配の方が大きい。これもまたしばしば喧嘩の種になるのだから、夫婦というのは実に難しい。

去年ママの残業が続いて、パパがママの身体を気遣うあまり夫婦喧嘩になった時のこと。珍しく、蘭子がパパを慰めていた。

「規夫さんが心配するのもわかるけど、楓ちゃんはマグロなんだと思ってた方がいいよ」

「え？　マグロ？」

「マグロはサ、泳ぐのやめたら死んじゃうっていうじゃない？」

「なるほど……ね」

「私も心配だけど、楓ちゃんが仕事辞めるって言い出したら、もっと心配になるよ」

「それは言えるね。でも、もう少しゆっくり泳ぐ方法をマスターしてほしいなぁ」

パパは苦笑しながら、蘭子との会話で自分の気持ちを収束させていった。

その時あたしは、テレビで見た水族館の大きな水槽を思い出した。マグロは一時も休むことなくぐるぐると水の中を周回していた。そうか、ママは前世マグロだったのか。

一瞬マグロになったママを想像してしまい、あたしはブルブルッと頭を振った。ママは美人でスタイルもいい。前世がマグロだったからといって、決してマグロをイメージしないでほしい。特に蓮を産んでからは痩せて前より若々しくなった気がする。

そう、今日はテレビの中の素敵なママが見られる。あたしはいつもの何倍も夕食の時間が待ち遠しかった。

＊

「いただきます！」

家族揃って夕餉《ゆうげ》の時。いつもはニュースが流れているテレビから、録画したワイドショーのテーマ音楽と番組の始まりを告げるＭＣの声が聞こえてきた。あたしもケージでご飯を食べながら、チラチラと画面に視線を送る。

ＭＣがテンション高めの声で、今日の特集である企業紹介についてアナウンスする。

「一番手で紹介されるみたいだから、もうすぐだと思うよ」

ママの説明で、パパも蘭子もお箸を持つ手が止まる。目はテレビに釘付けだ。蓮だけはいつもと変わらず大好きな白米を頬張っている。

「あ、映った！」

蘭子の声で、あたしはご飯を中断してテレビの前へと移動する。

最初に会社の建物の外観が画面いっぱいに映し出された後、自動ドアの入口を入ったところで、グレーのスーツ姿のママが取材陣をお出迎えしていた。家では見たことがないような、にこやかな笑顔で（ママごめんなさい）取材陣と挨拶を交わしている。

ステキ！　ママ、ニュースキャスターさんみたい！　その後、インタビューする人の質問に答えながら、ママが会社の中を案内していく。

「楓さん、颯爽としていてカッコイイね、キャリアウーマンって感じ」

「規夫さん、キャリアウーマンって……イマドキ誰も言わないよ」

ママは否定しながらも、まんざらでもなさそう。

「名前まで出るなんてスゴイじゃん」

画面にはママの役職と名前も出ているらしい。

「ほら、ママが映ってるよ」

パパがテレビ画面を示すと、蓮は不思議そうに首を傾げている。

ママが映ったのは最初の方だけで、その後は社長さんのインタビューや商品企画や営業などそれぞれの担当が映り、最後は店舗で売れ筋のお惣菜が紹介されて、あっと言う間の十五分間だった。次の企業の紹介に移ったタイミングで夕食再開だ。あたしもケージに戻ってご飯を続ける。

「そういえば、蘭子、アナタでしょ?」ママがニコニコしながら蘭子を睨む。「おばあちゃんたちからメールが来たのよ。テレビ見たよって」

どうやら蘭子が双方のおばあちゃんに、ママがテレビに出ることを伝えていたようだ。

「おばあちゃんたち元気にしてるかなぁって、電話しただけだよ。ついでにテレビのこと話したかもね」

ペロッと蘭子は舌を出す。こういうお茶目な蘭子は可愛い。パパも笑っている。

ご飯を食べながら、あたしはしみじみ考えた。思えばママがいつも仕事で忙しくしているのは知ってはいたけれど、どんな場所でどんなふうに働いているかなんて、知る由もない。それは蘭子だって同じだ。娘の蘭子からしたら、家の中のママしか見えない。ママから話を聞くことはあっても、子どもが仕事について具体的イメージをもつことは、とても難しいことだろう。

それが、この番組で取り上げてくれたおかげで、多少は働いているママをイメージできたのではないだろうか。少なくともこの会社の中で、ママが必要とされる立場で、生き生きと働いている姿を目の当たりにできたのは、新鮮だったと思う。

あたしには会社のことはわからないけれど、ママを誇りに思う気持ちは一層強くなった。今まで以上にママを応援しようと思えたのは、このテレビ番組のおかげだ。そして、蘭子も同じように感じていることは、口に出さなくてもあたしにはわかってしまうのだ。

八　あたしのご近所付き合い

「今日は早く目が覚めちゃったから、凜、たまには私と散歩しよ」

ママがやたらと早い時間に起きてきた。ハイ、もちろん異論はございません。っていうか、ママとの散歩は久し振りで嬉しいです。

あたしの散歩やご飯、トイレシートの交換など、特に誰が担当と決まっているわけではない。何曜日は誰という当番制でもない。できる人ができる時に、というコンセプトはこっちとしても気がラクではある。しかも皆が忙しい時は散歩なし、と割り切っているのも合理的で良い。そんな時はお庭でのフリータイムがあるから、雨や雪の日以外は外の空気を思いっ切り吸うことができる。

それでもやっぱり散歩の方がいいに決まっている。特にあたしは朝の散歩が好き。朝の空気は透明感があって爽やかな味がする。きりりと緊張感のある空気の中、太陽の淡い陽射しを浴びながら、大好きな家族と一緒に散歩する。至福の時だ。ママ、忙しいのにありがとう。

散歩コースはいくつもある。今日はきっとママのお気に入りのコースだなと、あたしはあたりをつける。

思った通りだ。住宅街を抜けて公園の脇を歩いて、車が通る大通りに出る。ママはいつも早歩きだ。蘭子は時々走ったりゆっくり歩いたり緩急織り交ぜる。パパはあたしのペースに合わせて歩いてくれる。

というように、コースも歩き方も三者三様でこれもなかなかに興味深い。あたしにとっては、誰と一緒のどんな散歩でも、一対一で過ごせる幸せな時間であることに変わりはない。

今朝は公園の近くでチワワの小太郎《こたろう》くんと会った。

「おはようございます」

「おはようございますぅ」

ママと小太郎くんのママが挨拶を交わしてすれ違う。お休みの日は立ち話をすることもあるが、平日の出勤前は、お互いに余計な会話をする時間的余裕はなさそうだ。あたしと小太郎くんはすれ違いざまに、（おはよう。またね）と目で挨拶をする。

世間一般にはあまり知られていないと思うが、犬にとって散歩の意義は、運動や気分転換だけでなく、犬同士の交流もある。あたしは散歩しながら、ご近所さんとのコミュニケーションを楽しんだり、短い時間のお喋りから多くの知識や情報を得たりしている。あたしにとって散歩は、視野を広げ人生（？）を豊かに過ごすための、貴重なツールとも言えるのである。

交番の前を通ると、いつも声をかけてくれる佐伯《さえき》さんというおまわりさんが、自転車から降りるところだった。ママは後ろから、丁寧に声をかける。

「おはようございます。お疲れさまです」

「あぁ、橘さん、おはようございます。凜ちゃんもおはよう。元気そうだね」

佐伯さんは自転車を停めると、振り向いてあたしにも声をかけてくれる。

もう一人のおまわりさんはいつも不機嫌そうで怖い顔をしているが、佐伯さんはおよそ凶悪犯を逮捕するところなど想像できないくらい、いつも笑顔でおっとりしている。蘭子の言葉を借りると、「顔と体形がえびす様みたい」となる。この町を神様が守ってくれているというのは、何ともありがたい限りである。

ところで、何故名前を覚えられるくらいおまわりさんと仲良くなったかというと、この町に住んでから二回もお世話になっているからだ。最初は蘭子がゲームセンターで財布を盗まれた時。次はさっちゃんが迷子になった時。親身に相談に乗ってくれたのが佐伯さんだった。佐伯さんのおかげで、この町の人たちが安心して暮らせているのは間違いない。あたしが全幅の信頼を置いているおまわりさんだ。

佐伯さんにバイバイした後は、名前は知らないが、時々会う柴犬のおばあさんに会ったが、今日の出会いはそれだけだった。いつもより時間が早かったからかな。少々物足りない気持ちで家に着いたところで、お隣のチョコちゃんの姿を見かけた。

チョコちゃんはトイプードルという犬種で、あたしと同じく身体が小さい。やはり散歩に行けない日はお庭で遊んでいることが多いのも一緒だ。今日はお散歩に行けないのかな。あたしは元気に声をかける。

「チョコちゃん、おはよう!」

「あぁ、りんちゃん、おはよう」

具合が悪いのかな、声に力がない。表情も暗い。こんなチョコちゃんは見たことがなかった。一体どうしたんだろう……。

「凛はしばらくお庭で遊んでる?」

垣根越しにチョコちゃんと話しているあたしを見てママは、リードとハーネスを外してくれた。

＊

今の家に引っ越してきたのはママとパパが結婚した時だから、もう四年半以上前になる。その時お隣は建築中で、どんな人たちが住むことになるのかわからなかった。

あたしたちが引っ越して三ヶ月ほど経った日曜日の夜、ご夫婦が愛犬二匹と共に、引っ越しのご挨拶にやって来た。我が家は蓮が生まれる前で、蘭子は自分の部屋に居たので、ママとパパとあたしが玄関先でお迎えした。

初対面というのは緊張するものだが、お互いに犬を飼っているという共通項が、空気を和らげ緊張感を緩和させる。あたしたちはこんな形でも人間のお役に立っているのだ。やはりもう少し敬ってくれてもいいと思いませんか。

それぞれ名乗って挨拶を交わした後、ずっとあたしを触りたくてうずうずしていた奥さんは、しゃがみ込んであたしの頭を撫でる。

「可愛い！　お名前は？」

「凜といいます」

ママが代わりに答える。

「リンちゃんっていうのね、よろしく」

お隣の奥さんは、ふくよかな頬を皺だらけにしてニッコリ笑った。

社交辞令的にも自然な流れとして、パパがご夫婦どちらともなく尋ねる。

「可愛らしいですね、お名前は？」

旦那さんが、自分が抱っこしているミニチュアダックスフントを「ジャム」、奥さんのトイプードルを「チョコ」と紹介した。

二匹はそれぞれご夫婦にしがみ付き、緊張を隠せない様子だった。初対面のあたしたちに不安と好奇の入り混じった瞳で、終始キョトキョトと定まらない視線を放っている。その時、一瞬チョコちゃんと目が合った。

「何か困ったことがあったら言ってね」

あたしは先にこの地に住んでいる先輩として、親愛ビームを送ったのだけれど、警戒心全開でそれは呆気なくはね返されてしまった。でもあたしはお隣さんとお友だちになれそうな予感に、そわそわワクワクしたのを覚えている。

これが忘れもしない、チョコちゃんとの初対面シーンである。

それにしてもジャムとチョコとは何とも甘そうな名前である。お隣さんはご夫婦とも動物が大好きで、猫も二匹飼っていると知ったのは、さらにしばらく経ってからだった。お隣の奥さんとの立ち話でそんな情報を聞き込んできたママは、家庭内での情報共有を怠らない。

「……しかもね、聞いてビックリ。猫の名前がアンコとモナカなんだって。お隣さん動物好きっていうより、間違いなく甘い物好きよねぇ」

「挨拶に来た時には猫のこと言ってなかったよなぁ。もしかして他にも動物飼っているかもしれないね」

「ナニナニ？　うさぎとハムスターで名前はモンブランとティラミスとか？」

蘭子も調子に乗って話に入ってくる。

「マドレーヌとフィナンシェなんてのもありかも」

何故かママは真剣そのものの思案顔になっている。

「キンツバと大福だったりして」

パパ、さすがにそれはないでしょ。

お隣さんのペットの名前当てクイズみたいに、三人は盛り上がった。

「あ」

ママがまた可愛い、ではなく甘い名前を思い付いたのだろうか。

「そういえば、お隣さん、佐藤《さとう》さんだったわ」

＊

閑話休題。

そのお隣さんとは、散歩の途中や今日みたいにお庭の垣根越しに時々顔を合わせる。特別親しくしているわけではないが、そこそこ長いお付き合いになっているので、初対面の時のような緊張感は既に解消している。言ってみればごく普通のご近所付き合い。つまり、真剣に悩みを打ち明け合うことはないが、会えば世間話でお互いの家族の話なんかもする。

ちなみにジャムさんは男の子、というかおじいさん。あたしより身体も大きくて年齢もかなり上で、もはや「老犬」という域に達している大先輩である。だからあたしは敬意を表して、「ジャムさん」と呼び敬語を使っている。

犬の世界も縦社会なので、この辺はシビアである。ジャムさんは年齢のせいか、元々の性格なのか、寡黙であまり喋らない。最近では特に動きが緩慢になってきて、お庭に出てくることも少なくなった。病気をして入院していたことは、チョコちゃんから聞いた。

猫さんたちはご近所付き合いには興味がないみたいで、たまにお庭で顔を合わせても、チラリと一瞥してすぐにどこかへ行ってしまう。あたしに言わせれば、愛想がないにもほどがある。ママたちが想像していたうさぎやハムスターはどうやらいないらしいことも、あたしはチョコちゃん情報でキャッチしていた。

そのチョコちゃんは、同じ女の子で年齢はあたしより少し下だけど、体形もあたしと同じくらいだし、話が合うというか、ジャムさんより断然お喋りなので、垣根越しに話すのは大抵チョコちゃんだった。

そんないつも元気なお喋りチョコちゃんが、今日はいつもとちょっと違う。

「元気ないみたいだけど、何かあったの?」

「リンちゃんはいいね、お宅は動物ってリンちゃんだけでしょ?」

「そうだけど、チョコちゃんちはジャムさんもいるし、名前なんだっけ? 猫さんの兄弟もいて、賑やかでいいじゃない」

「猫たちはアンコとモナカ。賑やかって……そういうもんじゃないのよ。最近はジャム兄さんやアンコが病気がちで、パパもママも病院に連れていったり看病に忙しくて、私はお散歩にも連れていってもらえてないの」

「なるほど、そういうことね。でもそれを言うなら、うちだって蓮っていう人間の弟が生まれてからは、手がかかるからあたしのことは二の次よ」

あたしがそう話すと、チョコちゃんは思い詰めたような表情になった。

「……それがね、実はうちもママに赤ちゃんができたらしいの。やっぱり人間の赤ちゃんが生まれると、今よりもっと構ってもらえなくなるんだよね」

この話には正直驚いた。チョコちゃんちのママはうちのママより年上だと思っていたのだが、チョコちゃんによると、どうやらママより少し若いらしい。そうか、そうか。赤ちゃんができたのね。我が家ではお隣さんオメデタの話題は出ていないから、おそらくまだ誰も知らないと思う。元々ふっくらしている人なので、お腹が大きくなってもあまり目立たないのかもしれない。よし、これは一大スクープだ！

佐藤家の末っ子チョコちゃんは、ただでさえ老犬や老猫のせいで構ってもらえなくなっているのに、人間の赤ちゃんが生まれたら自分は捨てられてしまうのではないか。そんな不安に苛まれていた。不安からたびたび家の中で粗相をするようになり、ママに叱られ、叱られると不安が一層増してまた粗相をする、という悪循環に陥ってしまったという。今もママに叱られて、「ちゃんと庭でオシッコしてきなさい！」と外に出されたのだと、溜息をついた。

チョコちゃんとの会話でこんな深刻な話は初めてだった。普段は、家族の誰がどうしたこうしたとか、動物病院に新しく入った看護師さんはちょっと怖かったとか、初めて食べたアレが美味しかったとか不味かったとか……そんな他愛もない話で終始するのに。あたしはどう励まし慰めたものか悩んだ末に、自分の経験を伝えることにした。

それは蓮が生まれてからのこと。確かにそれまではママとパパの手助けが必要なのは、蘭子とあたしだけで、しかも蘭子は絶賛反抗期中だったから、二人ともあたしのために生きているのでは？　と思えるほどあたしを構ってくれた。

ところが、蓮が生まれてからというもの、生活は一変。家族の時間は蓮を中心に流れ、蓮のために一日の大半が費やされた。そして、それまでほぼ毎日だったあたしの散歩は頻度が減り、抱っこしたり声をかけてくれる回数は激減した。

でもその頃のあたしには、寂しさに勝るある感情が芽生え始めていた。それは蓮という存在が一人では何もできず頼りなさすぎて、守ってあげたい、いや守ってやらねばという使命感とでも言おうか。そして、守るべき存在ができたことで、あたしの生活がより豊かなものになったこと、それは何物にも代えがたい幸せだと感じていること等々語った。

生垣の地面に落ちた葉っぱを弄《いじ》りながら、伏し目がちにあたしの話を聞いていたチョコちゃんだったが、次第に表情に明るさが灯ってきた。

「人間の赤ちゃんは幸せを運んできてくれるのね」

「うん、それは間違いないよ。寂しいと感じる時もあったけど、今は蓮が生まれてきてくれて心の底からよかったと思ってる」

「リンちゃん、ありがとう。私もお姉さんになるんだから、ママに迷惑をかけないように頑張ってみるね」

チョコちゃんはそう言うと、お庭の隅っこに移動した。雑草のにおいを嗅いでからオシッコをする。くるりとあたしの方を振り返ると、笑顔で家の中に入っていった。

我が家とは家族構成も環境も違うけれど、人間の赤ちゃんの存在が決してマイナスになることはない。寧ろ自分にとって幸せなことだと自信をもって伝えることができた。チョコちゃんも何か吹っ切れたようだったし、あたしも清々しい気持ちになれた。あたしは改めて蓮をもっと可愛がってあげようと思った朝のひと時だった。

「凜、ご飯だよ！」

家の中から蘭子の声が聞こえた。蘭子に足を拭いてもらって上がると、蓮がニコニコしながら寄って来た。

「りんちゃん、ごはんだよぅ」

ぎこちない手付きであたしを抱き上げる。余計な力が入っていて心地良くはないのだが、今日は寛大な心で身を委ねることにした。

蓮はドッグフードが置かれたケージの前であたしを降ろす。

「おすわり」

「まて」

「よし！」

食事前の一連のセレモニーを敢行すると、

「れんくん、りんちゃんのごはんできたよぉ～」

嬉しそうにドタバタとママの許へ駆けていった。

蓮のクセに生意気な……思わず苦笑しながらも、蓮が生まれたばかりの頃をしみじみと思い返し、涙腺が緩んでくる。

犬は悲しくても泣かないが、心が喜びや感動で溢れると、涙が出てくることがある。というか、あたしの場合はそうだ。

いつものドッグフードを美味しくいただきながら、あたしはお隣さんオメデタのスクープを皆に披露したくてうずうずしていた。

九　さっちゃんの秋

「今日は凛も一緒に出かけるよ」

蘭子の声で反射的にあたしの尻尾は振れる。え？　どこにお出かけ？

「今週は市の芸術祭なんだけど、さっちゃんの描いた絵が入選して、市民ホールに展示されてるんだって。それを皆で見に行くの」

わぁ〜さっちゃん、スゴイ！　あたしは思わずピョンと飛び跳ねた。さっちゃんに芸術的才能があることを、あたしは昔から知ってはいたけど、入選ということはそれが世間的に認められたってことでしょ？　さっちゃん喜んでいるだろうなぁ。

それに、ひいき目になりがちな家族ですら気づいていなかったその才能を、あたしが見抜いていたことが立証されたのだ。誰にもアピールできないのは口惜しいが、あたしの自尊心は風船の如く膨らんだ。今にも空高く舞い上がりそうだ。

「凛も行くでしょ？」

もちろん、行きます！　行きたいです！　興奮のあまり声が出てしまう。

「ワ、ワン！」

秋も深まり、清涼感溢れる大気は冬の訪れを予感させる。緑だった葉は赤や黄色に色付き始め、景色がまるで別物に変わるこの季節。あたしはお出かけするのが一番好きなのはこの季節かもしれない。

空には雲が多いが、草花の息遣いにも秋が漂っている。家族全員でお出かけするのはとっても久し振り。もしかして、夏の旅行以来？

芸術祭が催されているという市民ホールまでは、散歩で行ったことがあるが、蓮を連れて歩ける距離ではない。今日は車で行くようだ。

車で遠くにお出かけする時、あたしはキャリーケースに入るが、少しの距離の時は抱っこで乗せてくれる。そんな時は蘭子の膝の上に立って、窓から外の景色を眺めるのが楽しみだった。

すれ違う車は何でこんなに速いの？　ビュ～ンとあっと言う間に視界から外れていく。街路樹も目で追うのが忙しい速さで後ろに飛んでいく。人で溢れる街中では、信号で止まるたびに道行く人々を眺める。子どもとつないだ手を大きく振りながら歩く家族連れ、顔を見合わせては微笑む若い男女、腕を絡めてゆっくり歩く老夫婦。眺めているだけでうっとりしてしまう。そう、あたしは何より人が好きなのかもしれない。

蘭子の膝の上で夢中で外を見ていたら、車は市民ホールの駐車場に着いたようだ。エンジン音が止まった。

「さ、着いたよ」

「順子さんたち、もう来てるかな」ママがスマホを取り出して確認している。「あ、もう着いてるって」

今日はさっちゃんと、さっちゃんのお父さんとお母さん（蘭子のおじいちゃん、おばあちゃん）が一緒に来ることになっているようだ。

あたしはリードにつながれて、蘭子と共に車を降りる。早くさっちゃんに会いたいし、さっちゃんの絵を見たくて、あたしは気が急いていた。

「ちょっとぉ、凜、引っ張らないでよ」

蘭子に言われてハッとする。そうだよね、皆で来ているんだから、ペースを合わせないと。あたしは気を取り直して蘭子に歩調を合わせて歩く。ママとパパが蓮を真ん中に挟んで歩く後ろを、蘭子とあたしが付いていった。

リードにつながれていても、ホールの中であたしは歩くことができない。そういう決まりなのだから仕方がない。蘭子に抱っこされて自動ドアを入ると、すぐのところに受付があった。ママが屈んで何か書いて、パンフレットをもらっている。中に入っていくと、さっちゃんとおじいちゃん、おばあちゃんの姿が目に留まった。さっちゃんは手を振っている。あたしは手を振ることもできないし、声を出すのも憚られたので、軽く身体を揺すって全身でさっちゃんに合図を送った。

「今日は皆で来てくれてありがとう」

おばあちゃんは顔を皺くちゃにして、深々と腰を折る。小さな身体がまた一段と小さくなったように見える。おじいちゃんはニコニコ顔だ。

「蓮はしばらく見ないうちに大きくなったなぁ。蘭ちゃんもまた背が伸びたか?」

「すっかりご無沙汰してすみません。このたびは、さっちゃんの入選おめでとうございます」

ママが余所行きの顔でかしこまっているのが、何だか可笑しい。

「もう佐知の作品見たの?」

「ううん、これからよ。一緒に見ようと思って」

おばあちゃんの言葉を合図に、一同ぞろぞろと作品が展示されている部屋へ移動した。

あたしは絵がたくさん飾られている空間を想像していたけれど、彫刻やオブジェというのだろうか、何かを表現した大きな積木みたいなものから、天井に吊り下げた鳥の飾りのようなものまで、多彩な作品が展示されている。おぉ、これは芸術の秋に相応しい光景ではないか。あたしは滅多に味わえない雰囲気に、気持ちが高揚していた。

「このオレンジ色の大きな積木みたいな塊、『希望の果て』ってタイトルついてるけど、意味わかる?」

蘭子はあたしに話しかけながら、一つひとつの作品を見て歩く。それ、あたしに訊く?

確かに蘭子よりは芸術的センスっていうの？　そういうのあると思っているけど、でもあたしに訊かないでよ。わかっていても答えられないのだから。

おじいちゃん、おばあちゃん、さっちゃんの三人の後ろに、ママとパパと蓮が歩き、最後尾が蘭子とあたしだ。展示されているのは必ずしも全てが入選作品というわけではないそうだ。作品名・作者名が書かれた紙に、赤いお花が付けられているのが、入選作品だと蘭子が解説してくれた。

順路に沿って作品を見ながら、次の部屋に移ったところで、おばあちゃんが言った。

「ここがショウガイシャの作品が展示されているお部屋みたいね」

ん？　ショウガイシャ？　あたしが首を傾げていると、さっちゃんが急に小走りで前に進んだ。

「さちの、あった！」

指をさして自分が描いた絵を教えてくれる。

それは今まで見たことのないさっちゃんの絵だった。赤や黄色、オレンジ、黄緑、水色、紫……何種類もの色の絵の具を所々重ねてべったりと、大きな画用紙一面に塗りたくったという表現がぴったりする絵だった。躍動感とでも言おうか。何かから解き放たれ自由を謳歌しているような、生命力溢れる絵に仕上がっていた。

おばあちゃんが穏やかな笑顔で説明してくれる。

「佐知は昔から絵が好きだったでしょ？　最近になって近所に絵画教室ができたから、ダメもとで相談してみたの。そしたら、ショウガイがあってもいいですよ、って受け入れてくれて。それで、隔週で通い始めたんだけど、先生が佐知に水彩絵の具で描いてみる？　って言ってくれて。まだ何回も行ってないんだけど、初めて描いたこの絵がとってもいいって、先生が出品を勧めてくれたのよ」

また、おばあちゃんの口から「ショウガイ」という言葉が聞かれた。どういうこと？

あたしは犬としては人間の言葉をよく知っている部類に入ると自負しているが、あたしが知っているのは何かの妨げになるとかいう意味のはず。しかもそれが話の流れから、さっちゃんについて言っているということに、あたしは大いなる違和感を抱いた。

周りを見渡すと、皆ニコニコしておばあちゃんの話を聞いている。どうやら違和感を抱いているのはあたしだけのようだ。こんな時、つくづく言葉が話せないことの不便を呪いたくなる。喋れれば蘭子に訊けるのに。

「この芸術祭も佐知が特別支援学校の頃はまだなかったから、『ショウガイシャの部』に出品できるのも知らなかったのよ。絵画教室の先生が教えてくれて、今回賞までいただいて、佐知には励みになったわ。益々やる気になっちゃって」

おばあちゃんはさっちゃんの方を見て、困ったような顔をしながら、でもとっても嬉しそうだった。

「さっちゃん、本当におめでとう！　よかったね。素晴らしい作品じゃない」

「絵のことはわからないけど、佐知が好きな絵で自信がもてたみたいで、兄ちゃんは嬉しいよ。おめでとう」

ママもパパも、口々にお祝いの言葉を伝えている。

「さっちゃん、おめでとうございます」

蘭子もさっちゃんにお祝いの言葉をかけてから、「凜、見てごらん。さっちゃんの絵スゴイよ」とあたしに向かって言う。

とっくに見てるし、スゴイしか言えない蘭子のセンスに些か呆れながら、あたしは改めてさっちゃんの作品を眺める。

（さっちゃん、初めて水彩絵の具で大きな画用紙に自由に描かせてもらって、とっても嬉しかったんだね。その気持ちが画用紙からはみ出しそうになっているよ。さっちゃんは前から自分の気持ちや、周囲の空気を絵にするのが上手だったけど、いつもの画用紙ではきっと小さすぎたんだね。色鉛筆やクレヨンで描く絵も素敵だけど、こっちの方がさっちゃんの気持ちを素直に表しやすいのかも）あたしはさっちゃんに感想を伝えた。

「ありがとう。さち、絵の具好き。楽しい」

（うん、この絵を見ると楽しんで描いているのがよくわかるよ。絵画教室で良い先生に出会えて良かったね。これからも頑張ってね）

「さち、まな先生大好き。頑張る」

さっちゃんとあたしはそんな会話を交わした。でも皆には、さっちゃんが独り言を言っていると思われるんだろうな。

「佐知、真中《まなか》先生大好きなのよね」おばあちゃんは絵画教室の先生の名を、さり気なく訂正する。「本当に良い先生に巡り合えたと思うわ。まさか三十歳になって佐知にこんな出会いがあるなんて……」

おばあちゃんの瞳は微かに潤んで見えた。

皆が思い思いの感想を述べながらさっちゃんの絵を堪能した後、再び順路に沿って進むと、パステル画のコーナーがあった。またおばあちゃんが解説してくれる。

「同じ絵画教室でパステル画を描いている人も入選したのよ」

おばあちゃんの話によれば、その人、田中《たなか》さんは還暦を迎えてからパステル画を始めたという。初めは自己流で描いていたけれど、なかなか上手にならない。もうやめようかとしばらく筆を休めていた頃、絵画教室を見つけた。歳を考え及び腰になりながらも、勇気を出して門を叩いたのだそうだ。

「真中先生の大らかなご指導のおかげで、パステル画が大好きになりました。今では一生描き続けたいと思っているんですよ」おばあちゃんがさっちゃんと一緒に教室に行った時に、そんな話をしてくれたという。

「あ、この作品だわ」

おばあちゃんが足を止めたので、皆、一斉に立ち止まる。

あたしは、そこで目にしたもののあまりの衝撃に、蘭子の腕の中で全身フリーズしてしまった。被毛の一本一本までが逆立ったまま、凍り付いたような気がした。あたしは呼吸をすることも忘れて、目の前の絵を凝視していた。

そこに描かれている女性の姿は、紛れもなくあたしだった。時々、夢に現れる人間のあたし。赤いセーターを着ていて、髪は肩までのストレートボブ。それは既に見慣れた自分の姿。まるで鏡を見ているようだ。

絵の中のあたしは、ルノアールの有名なイレーヌ・カーン・ダンヴェール嬢の肖像画のように、上半身斜め横を向いてやや俯《うつむ》き加減に佇んでいた。背景は淡いオレンジ色や黄色、ピンクなどの温かみのあるグラデーションに包まれて微笑んでいる。微笑んでいるのに、瞳はちょっと哀しそうに見える。愁いを含んだ表情は、人として生きていく上で抱えているものの奥深さを、見る者に想像させた。

あたしの凝縮したフリーズを解いたのは、おばあちゃんと同年配の女性の声だった。

「あ、橘さん、こんにちは」

声に振り向いたおばあちゃんとさっちゃんの目がキラリと輝いたので、その人が田中さんだとすぐにわかった。銀色の髪は光沢があり、ふんわりしたショートヘアがよく似合っている。

「あらぁ、こんにちは！　田中さんも来てたのね。このたびは入選おめでとうございます」

「ありがとうございます。佐知さんこそ、おめでとうございます。立派な作品拝見しましたよ」

そんな挨拶を交わした後、おばあちゃんはあたしたち一行を紹介してくれた。すると、突然さっちゃんが、田中さんのパステル画を指さして叫んだ。

「凛ちゃん！　これ凛ちゃん」

「佐知、何言ってるの？」

「佐知さん、どうしてわかるの？」

おばあちゃんの声に、田中さんの声が被さった。

田中さんは瞼の皺を押し上げて目を全開にしている。一瞬、その場にいた全員が「えっ？」と驚きの声を上げたが、でも、さっちゃんの反応に一番驚いたのはあたしかもしれない。あたししか知り得ない夢の中の自分を、さっちゃんが言い当てたことには驚きしかない。そして、もっと驚いたのは、その後に続いた田中さんの話だった。

「これは娘の凛です。六年前に亡くなった……。今までお話ししたことはなかったんですけど、娘は六年前、三十二歳の時に交通事故で亡くなったんです。娘は障害者施設に勤務していて、そこの利用者さんを連れて外出した際に、利用者さんを助けようとして車に……。私はショックで何も手に付かず、仕事も辞めて引きこもりの生活をしていました」

田中さんは視線を落とし、苦いものを噛むように口元を歪めた。

その話を聞いたあたしは一瞬で全てを悟った。あの日のことが録画した映像の倍速再生のように脳裏に蘇る。あの日。あたしが人間だった最期の日。

十　もう一人のあたし

二〇一七年。その日はお正月休みが明けた一月四日だった。

当時、あたしは知的障害者の入所施設で、支援員として働いていた。ローテーション勤務で常に忙しかったが、特に年末から年始にかけては多忙を極めていた。この時期は帰省を希望する職員が多く、実家で暮らしていたあたしは率先して勤務を申し出たが、どうしても職員体制は手薄になる。

昔は年末年始やお盆休みなど、家庭に帰る利用者がほとんどだったと年配の職員から聞いたことがあるが、今は多くの利用者が施設内で年を越す。

家庭と同じように年末は大掃除をして、新年を気持ちよく迎えるための準備をする。大晦日は揃って年越しそばを食べる。そして、年が明けたら皆でおせち料理を食べて初詣に行く。

利用者が普通の家庭と同じ過ごし方ができるようにと、あたしたち支援員は精一杯努める。でも少ない職員体制で、利用者の生活はある程度、制限せざるを得ない。どんなに不本意であっても、それが現実だった。

ひと口に知的障害者といっても、それぞれ障害程度も育った環境も違えば、性格も十人十色だ。興味の方向、感情の表出方法、コミュニケーションの取り方、運動能力等々全て異なる。一括りにできるものなど一つもない。障害の有無にかかわらず、それは同じだと思う。一人ひとりに個性があり、同じ人間と括られてよい人はいない。

少ない職員で多くの利用者を見る場合、個々の利用者に丁寧に向き合うことは物理的に不可能だった。それでもせめて年明けは、利用者が少しでもお正月らしい晴れやかな時間を過ごせるよう、あたしたちは休憩時間を惜しんで準備を重ねた。

三が日は穏やかな晴天だったが、おせち料理を食べたり、福笑いを楽しんだり、主に施設内で過ごした。強度行動障害の利用者が複数入所しているあたしの寮では、人手が不足する中での外出は危険が伴う。このため、室内で安定したプログラムをこなすことになるのは、何より利用者の安全を守る上で必要なことだった。

一月四日はやっと通常の職員体制となったため、他の二人の職員と共に、希望する六名の利用者を連れて、近所の神社へ初詣に出かけることになった。

外出することを伝えると、顔を綻ばせる利用者が多かった。「やったぁ！」と叫んだり、拍手をしたり、それぞれの表現で喜んでいることが伝わってくる。あたしたち支援員も利用者の笑顔につられて、自然と笑顔になる。利用者は皆、お正月らしくよそ行きの服に着替えて、出かけた。

事前の簡単な打ち合わせで、あたしは山下《やました》さんにほぼマンツーマンで付くことになった。利用者の山下さんは二十八歳の男性だが、ＡＤＨＤ（注意欠陥・多動性障害）があり、じっとしているのが苦手な人だ。外出時には一番付き合いの長いあたしが付くことが多い。山下さんとの信頼関係もできているし、行動の予測が可能なためリスク回避できるからだ。

……そのはずだった。

久し振りの外出に皆の足取りは軽やかだった。神社までは徒歩十分の距離だったが、スローペースの利用者に合わせて、二十分くらいかかって到着。

全員が一礼して神社の鳥居をくぐり、ホッとしたのを覚えている。敷地内に入ってしまえば、車や自転車の往来はないからだ。

どこかから軽妙なお囃子が聞こえてきた。奥の舞台では思いがけず獅子舞が繰り広げられていた。近付いていくと、テンポの良いお囃子に合わせて全身でリズムをとる利用者、獅子の独特の動きから目が離せずじっと見つめる利用者、見慣れぬ風体に「こわい」と固まる利用者、それぞれの反応を示す。全く興味を示さず、食べ物のにおいに誘われて屋台の方へ職員を引っ張る利用者もいる。

音楽が好きな山下さんは興味深げに見入っていたので、あたしは、

「山下さん、獅子舞ですよ。縁起がいいですね」

と腕をとって、よく見える場所へ移動しようとした。

すると何を思ったか、山下さんは突然あたしの腕を振り払い、両掌で耳を塞いで、わぁ～と声を上げて走り出した。山下さんの行く先には鳥居が見える。鳥居の向こうは幹線道路だ。あたしは一瞬何が起こったのかわからず足が固まったが、慌てて追いかける。

「待って！　山下さん、ストップ！」

制止しようとしたが、山下さんは走り続ける。鳥居を通過したところで追い付いたあたしは、山下さんの腕をしっかと掴んだ。よかった！　間に合った！

と思った次の瞬間、山下さんが引っ張られた腕を振り払おうとした勢いで、あたしの身

体は車道に放り出された。

あたしの視界の端に大きなトラックが見えた。まるでスローモーションの画面を見ているように、トラックがあたしの視界を塞いでいく。クラクションの爆音と人々の悲鳴が聞こえたが、映画の効果音みたいに、それが現実のものと認識できない。

血のにおいを感じた。あたしは赤いセーターを着てきたから、目立たなくてよかったな、そんなことをぼんやり思っていた。山下さんは、テレビドラマの中でも血を見るのが苦手で、パニックになってしまう人だったから。

どれくらい経っただろうか。耳の奥の方で、救急車のサイレンと、時計の秒を刻むカチカチという音が鳴っている。それはあたしの最期をカウントダウンする音だとすぐに悟った。しばらく鳴っていたその音は少しずつ小さく、そしてゆっくりになっていき、やがて聞こえなくなった。

＊

あたしがヨークシャーテリアとして生まれたのは、二〇一七年一月四日。人間の凛が亡くなったその日だった。誕生日は毎年お祝いしてもらっているので、忘れたことはないし、間違えるはずもない。これが単なる偶然ではないことは、既に明らかだった。

田中凛だったあたしは、死してヨークシャーテリアとして再生した。そして三ヶ月後にママと蘭子に迎えられ、凛と名付けられた。この事実はもはや疑う余地はない。

名前が同じなのは、単なる偶然であろうか。名前の由来について、ママが誰かに話しているのをあたしは聞いた記憶があるが、今は脳内の記憶分野がぐちゃぐちゃになっていて、思い出せない。

それに、前世の記憶が蘇ったといっても、人間として生まれてから死ぬまでのことを全て思い出したわけではない。覚えているのは、その日の数時間のことだけだった。正直、目の前の田中さんが自身の母親であるという実感もなかった。

実感はないけれど、間違いなく前世ではあたしのお母さんだった人だ。大事に育ててきた娘がある日突然、交通事故で亡くなってしまうなんて。蘭子の身にそんなことが起きたら、きっとママはママでなくなってしまい、壊れてしまうだろう。パパも幼い蓮ですら現実を受け容れられず、悲しみに耐えない日々を送ることになるだろう。

あたしが突然あんな死に方をして、田中さんがどれだけショックを受けたことか、愛する家族をもつあたしには、容易に想像できる。

あたしの回想を遮るように、田中さんの声が聞こえてきた。

「凜の三回忌を過ぎた頃、心配した夫が絵を描くことを勧めてくれたんです。私が若い頃、趣味で油絵を描いていたのを夫も知っていたので。私もいつまでも立ち止まっていてはいけない。残された人生、凜に恥ずかしくない生き方をしなくては。そんなふうに思えるようになって、夫に勧められるまま、気が向くとスケッチブックを広げるようになりました。その頃たまたま見かけたパステル画に心を惹かれて、私も描いてみたいと思えたのは、凜が亡くなって三年以上が過ぎ、還暦を迎えた年でした」

田中さんは、ふぅっと息を吐いてから続けた。

「凜を描いたのは、というか人物画は今回が初めてなんです。まだまだ上手に描けませんが、人物画に挑戦してみたら？　と真中先生に背中を押されて、それなら凜のことを自分の手で形に残したいと思って描いたんです。描き上げることができたら一歩前に進める気がして……。賞をいただけるなんて夢のようで、きっとあの子も喜んでくれていると思います」

はい。お母さんが元気になって、あたしのことをこんなに素敵に描いてくれて、とても嬉しいです。これからもお母さんらしい優しい画をたくさん描いて、元気で長生きしてくださいね。あたしはこうして今は橘家で大事にされ、幸せに暮らしています。

そう伝えられたら田中さんはどんなに安心するだろうか。伝えられない自身の不甲斐なさを責めるが、致し方ない。あたしはもう人間ではないのだから。

否応なくあたしは現実に引き戻されていった。

「娘さん、凜さんは、障害者の施設で働くなんて、気持ちの優しい方だったんですね」

おばあちゃんが田中さんに寄り添う。

「いえいえ、娘は優しいというより、あまり固定観念に捉われない自由な、ちょっと変わった子でした。高校生の頃、知的障害というのがＩＱで診断されると聞いて、あの子すごく衝撃を受けていました。娘は勉強ができる方ではなかったので、自分は東大に入る人より、知的障害の人に近いと思う、なんて言っていました。正確にはＩＱだけで診断されるわけではないですけど、ＩＱで線を引いて、こっちは障害者、あっちは健常者みたいに区分するのはおかしいと。そして、自分に近い人たちと一緒に居る方が落ち着くから、将来は知的障害者の施設で働きたいと言い出したんです」

ね、ちょっと変わっているでしょ？　田中さんは口に手を当てて小さく笑う。

おばあちゃんは、いやいやするように首を振った。

「そんな……素敵な娘さんじゃないですか」

「凜はよく言っていました。利用者さんたちが可哀想なのは障害者と診断されたからではない。そのことによって、特別な目で見られたり、社会から分断されたりすることが、可哀想なのだと。誰だってできること、できないことがあるのに、曖昧な物差しで測られることに、矛盾を感じていたようです。そして、この世の中から差別をなくすために、自分ができることは何だろう、なんてことをよく口にしていました。差別は人の心の弱さが作り出すものだから、まずは自分の心を鍛えないとね！　あれ、心を鍛えるってどうすればいいと思う？　……なんて」

やっぱり変わった子でしたね、と田中さんは苦笑を漏らした。

そうだろうか。変わった子、と田中さんは繰り返し言ったけど、田中さんが語る前世のあたしの話には何の違和感も覚えない。おばあちゃんが言ったように、素敵な人ではないか。固定観念に捉われないフラットな発想は、今のあたしにも受け継がれているような気がして、胸がじんわり温かくなった。

「思いがけず、佐知さんから娘の名前を聞いて、一瞬でいろいろなことが思い出されてしまいました。つまらない話を長々と、ごめんなさいね」

「とんでもないです。また機会があったら、是非、娘さんのお話を聞かせてください」

田中さんと、おばあちゃん、さっちゃんの距離は、今日を境に縮まったようだ。絵画教室を通じて素敵な出会いが生まれていたことにも、あたしは感動していた。

そして、誰もが疑問に思っていた謎は、田中さんの言葉で一応、解明された。

「私が真中先生に娘のことを話していたのを、佐知さん、きっと聞いていたのね。凜の名前まで話したか覚えていないけれど、きっとそういうことね。佐知さんに名前まで覚えてもらって、娘も喜んでいると思います」

あたしたち一行は、田中さんと別れ、言葉少なに出口へと向かった。心なしか沈み込んでいた空気は、大ホールから漏れ聞こえてきた市民オーケストラの演奏に優しく包み込まれ、自動ドアを通り抜けた。

オーケストラの余韻を纏いながら市民ホールを出たところで、蘭子が気の利いた提案をしてくれた。

「私と凜は散歩がてら歩いて帰るから、先に帰っていいよ」

蘭子、ありがとう。あたしも頭の中を整理する時間が必要だし、歩いて帰りたいと思っていたところ。あたしはその場でジャンプして賛意を示す。

車で帰るママとパパと蓮を見送り、歩いて来ていたおじいちゃん、おばあちゃん、さっちゃんと途中まで一緒に帰ることになった。

蘭子は血のつながりがないパパ方のおじいちゃん、おばあちゃんに、結構気を使っているのがわかる。血のつながり、というより共に過ごした時間の問題か。

おじいちゃんたちにしてみれば、ある日を境にいきなり小六の孫ができたわけで、どう接したものか戸惑ってしまっただろう。蘭子は一定の距離を保ちつつ、反抗期が明けてからは、自ら積極的にアプローチすることを心掛けているように見えた。

「随分気を使っているじゃない？」とママにからかわれた時には、

「お年玉や誕生日にお小遣いをくれる人たちを、邪険にできるわけないじゃん」

という現金な発言をしていたが、もちろん照れ隠しである。

おじいちゃんたちが蘭子の心遣いを喜ばないはずがない。何しろ一応、蘭子が初孫だったし、蘭子の気持ちが嬉しかったに違いない。今も「最近、腰の具合はどうですか？」などと気遣いトークを展開している蘭子はやっぱり大した奴だ。

あたしは、そんな蘭子を横目に見ながら、さっきから気になっていて訊けなかったことを、さっちゃんに問いかけていた。

（さっちゃんは田中さんの絵を見て、凜ちゃんって言ったよね？　あそこに描かれている人があたしに見えたってこと？）

「うん、あれ凜ちゃん」

（でも、今のあたしは、ホラ、こんな犬の姿じゃない？　それなのに何故？）

「さちは凜ちゃんのこと好き。だからわかる」

（あたしだって、さっちゃんのこと大好きだけど、わからないことたくさんあるよ）

「凜ちゃん、さちのことわかる。さちも凜ちゃんのこと、わかる」

煙に巻かれた気分だったが、さっちゃんは他の人には見えないものや形のないものが見えるのかもしれない。それに、さっちゃんがあたしのことを何でもわかっていることが再確認できたってことで、ま、いっか。釈然としないことなんて生きているといくらでもある。そんな時、気持ちを切り替えて前に進むことを、あたしは蘭子から学んだ気がする。

その時だった。ビューッという音が聞こえて振り向くと、後ろからものすごい勢いで自転車が走ってくるのが見えた。人間には聞こえていないらしく、誰も振り返らない。歩道の真ん中を我が物顔に走ってくる自転車は速度を落とす気配がない。

「ワン（危ない）！」

あたしは咄嗟に叫んだ。リリリリリリと自転車の警音器の音が響き渡る。

一斉に皆が振り向いた。おじいちゃんとさっちゃんが並んで前を歩き、すぐ後ろにおばあちゃんと蘭子がいる。おばあちゃんと蘭子はサッと横に飛びのいたが、その前を歩くおじいちゃんとさっちゃんは一瞬動きが遅れた。

よけ切れない！　と思ったあたしは次の瞬間、蘭子のリードを振り切って、さっちゃんの腰の辺りに思いっ切り飛びかかった。その勢いでよろけたさっちゃんとおじいちゃんの脇を、自転車が通り抜けた瞬間。あたしは宙に舞った。

そこから先のことはよく覚えていない。薄れていく意識の中で、おじいちゃんの「待ちなさい！」という太い声と、蘭子の「凛！」と叫ぶ声が耳にこだましていた。

皆、怪我がないみたいでよかった……。デジャブ感を持て余しながら、あたしは重くなった瞼を静かに閉じた。

十一　新しい年を迎えて

二〇二四年、元旦。あけましておめでとうございます。

今日はママの実家、つまり蘭子のおばあちゃんちへ年始のご挨拶に行く。毎年恒例でママの弟夫婦もやって来て、賑やかな新年会となる。もちろんあたしもレギュラーメンバーだが、今年はなんと、あたしの快気祝いを一緒にやってくれるという。あたしは朝からちょっと緊張していた。

暮れにトリミングに連れていってもらったあたしの髪には、お正月仕様の紅白に金糸を織り込んだリボンが結んである。鏡に映してみる。いつもより少し大きめのリボンは、お正月の華やかさもあり、かつあたしの顔の小ささを強調していて、なかなか良いではないか。角度を変えて眺める。うん、可愛い。

蘭子がスタンドミラーの前で、グレーのパーカーとネイビーのセーターを交互に当てて、どちらを着て行こうか、迷っている最中だった。ボトムスはベージュのコーデュロイのパンツだ。

「ん、こっちにしよう！」

グレーのパーカーに決めた蘭子は、鏡の中のあたしを見てニタニタしている。

「凜、アンタ今サ、自分の姿を見て可愛い！　とか思ったでしょ？　今日は主役だから可愛くしていかなくちゃ、とか絶対思ってるよね？」

あたしは、そんなことないよ、という体《てい》でゆっくりと鏡の前から離れるが、今さらながら蘭子の鋭さには舌を巻く。

そう、あの事故からひと月以上が経ち、快気祝いをしてもらえるほどに、あたしは快復した。検査や簡単な手術のため一週間ほど入院したが、もともと怪我はさほど重症ではなかったらしい。事故直後は脳震盪《のうしんとう》で気を失ったものの、脇腹を何針か縫う傷を負っただけだった。あの状況でどこも骨折せず、脳にも異常がなかったのは奇跡だ、とは鴨井先生の弁。

あたしは退院してからも、なかなか快復の兆しが見られなかった。食欲は湧かず、何もする気にならない。空気が何倍もの重さになって圧をかけてくるように、毎日どんよりしていた。あたしは鬱々と、ただ時の流れに身を任せるだけの日々を過ごしていたのだ。

事故で頭を打ったせいなのか、頭の中に靄がかかったような鬱陶しさにつきまとわれていた。記憶喪失というのは聞いたことがあるが、それとは違うのだろう。事故のことはよく覚えていた。後ろから自転車が猛スピードで走ってきて、危ない！　とさっちゃんに飛びついた記憶は鮮明に残っている。

でもそれ以前のその日の記憶が、すっぽり頭から抜け落ちているのだ。とても大事な時間を過ごした気がするのだけれど、思い出せない。あの道を何故おじいちゃん、おばあちゃんとさっちゃん、それに蘭子とあたしで歩いていたのか。いくら頭を捻っても何も思い出せない。記憶の扉はしっかり閉じられたままだ。

忘れてはいけない大事なことを、誤って記憶から抹消してしまったような罪悪感すら覚えた。とても大切なものを自らの手で壊してしまったような……。そんな気がして、あたしは必死で思い出そうとするのだが、思い出そうとすればするほど、靄は濃く広がっていく。

家族が心配するのも無理はなかった。滅多にご飯を残さないあたしが、好物の鶏のささみやキャベツでさえ半分も食べられない。散歩に行こうと誘われても、ソファの上で伏せたまま動こうとしない。あたし史上最低最悪の状態だった。

でも、吐き気がするとかどこかが痛いとかいうわけではない。記憶を取り戻せない、ただそのことが、あたしから食欲や気力を奪っていた。あたしはそんな自分の状況を伝える術《すべ》をもたず、家族に無為な心配をかけていることに、激しく焦れた。一人になると堪え切れずに嗚咽が漏れた。

退院後、経過観察も含め病院を受診すると、

「傷痕は回復しているし、その他検査の結果も異常はありません。考えられるのは、事故の恐怖がトラウマになっている可能性です。心の傷が癒えるよう、長い目で見守っていきましょう」

鴨井先生はそう言って、あたしの身体をそっと撫でてくれた。

そうして、二〜三週間もすると、時が解決する、というのは本当にあるのだと、あたしは経験上知ることとなった。

あたしの記憶は相変わらず戻らないままだったが、次第に諦めるという選択肢が脳裏にチラつくようになっていった。

パパはドッグフードに牛肉やサツマイモなどを混ぜて、何とかあたしがご飯を食べられるように考えてくれた。ママは新しい玩具をいくつも買ってきて、あたしがちょっと興味

をもっと一緒に遊んでくれた。蘭子は毎日ブラッシングをして、寝る時はベッドで添い寝をしてくれた。蓮までが「りんちゃん、だいじょうぶ？」と心配そうにあたしの顔を覗き込む。家族にここまで心配をかけていることに、あたしの自己嫌悪は破裂寸前まで膨らんでいた。

そして、これは神様が思い出さない方がいいよ、とあたしの記憶の扉を施錠してくれたんだ、きっとそうに違いない。という蘭子張りのポジティブさで、少しずつ現実を受け容れられるようになっていった。

そうして、あたしは、今年は決して家族に心配や迷惑をかけることのないよう、元気な良い子で一年を過ごそう。そんな誓いを立てた元旦なのである。

*

おばあちゃんちの玄関を入ると、おじいちゃんとおばあちゃん、ママの弟の翔太《しょうた》叔父さんと奥さんの緑《みどり》さんが迎えてくれた。翔太叔父さんたちは、大晦日の晩に来て泊まったらしい。大人ばかりのかたまりに蓮が入ると、途端に賑やかになる。

「あけましておめでとうございます。たちばなれん、三さいです！」

ひと際大きな声で挨拶をして、大人たちの破顔と拍手を浴びていた。十月に三歳の誕生日を迎えて以降、蓮は誰かれ構わず年齢を告知しまくっている。日本語も微かにではあるが、上達の兆しが見える。

蓮が張り切っているのには理由がある。蓮だけではない。今日は蘭子もそしてあたしも（？）一年で一番良い子を演じる一日だ。あたしは単純にまた来年も呼んでほしいからだが、蘭子と蓮はおじいちゃん、おばあちゃんだけでなく、叔父さんからもお年玉という小さい袋に入ったお小遣いをもらえるからだ。数日前から蘭子が蓮に仕込んでいた。

「蓮、まずは挨拶だよ。それから、おばあちゃんちでは泣かない、愚図らない、イヤと言わない。それを守って良い子でいればいいモンもらえるからね」

「れんくん、いいこだよ」

蓮はまだよくわかっていないながらも、たまに会う大人から「いい子だね」と言われることがモチベーションになっている。こんな日は蘭子に言われるまでもなく、異様なほどお行儀よく、聞き分けの良い子どもに変身する。そういう蘭子も普段の蘭子からは想像できないくらい、気が利く働き者の高校生を演じるのだから、二人ともお見事！　という他ない。パチパチパチ。

　さて、今年もおばあちゃんちのテーブルにはおせち料理を含め、おばあちゃんの手料理が所狭しと並んでいる。全員のグラスがビールや麦茶やジュースで満たされ、顔面は笑顔で満たされた。おじいちゃんの発声が居間全体に響く。

「あけましておめでとう。乾杯！」

「乾杯！」

「おめでとうございます！」

　皆でグラスを合わせ、それぞれの喉に勢いよく飲物が吸い込まれていく。

「凜ちゃん、全快おめでとう」

　おばあちゃんが、あたしに向かって麦茶のグラスを掲げたので、皆思い出したようにあたしの方を見た。いやいや、そんなに見つめないでくださいな。恥ずかしいじゃないですか、あはは。あたしは集中する視線から逃れるように、おばあちゃんが縁側に用意してくれたお水を飲みに行った。

　すると、立ち上がったおばあちゃんが、手に何かを持ってあたしに近付いてくる。えっ、それってマジ？　ケーキだ！　キャ～苺が載ってる！

「凜ちゃんが元気になったお祝いだから、遠慮しないで食べてね」

おばあちゃん、ありがとう！　あたしの快気祝いって言ってくれただけで嬉しかったのに、あたし用のケーキまで用意してくれるなんて。やだ、ウルッときちゃう。

「凜、よかったね。いただきますして食べな」

ママの許可が出たので、いただきま〜す！　苺を頬張っていると、ママと緑さんの会話が聞こえてきた。

「凜ちゃん、すっかり元気になったようですけど、大変でしたね」

「獣医の先生は、軽傷だったのは奇跡って言ってたけど、ショックが大きかったみたいで、しばらく食欲もなかったのよ。今はあんなにガツガツ食べてるけど」

ママ、ガツガツって……ひどくない？　あたしはちょっと食べるペースを落とす。

「翔太叔父さん、これ見て」蘭子がスマホの画面を見せている。「笑えるでしょ？　凜のエリマキトカゲ」

あたしの名前が聞こえたので、耳がダンボになった。

「凜ちゃん、首に何付けてるの？」

「これね、保護具なんだけど、エリザベスカラーっていうんだって。脇腹を縫った痕を舐めないように病院で付けてもらったんだけど、エリマキトカゲみたいでしょ」

蘭子はケラケラ笑っているけど、そうだった。退院してからもしばらくの間、あたしの顔回りにはプラスチック製の庇《ひさし》がぐるりとくっついていた。これがどうにも鬱陶しくてたまらない。鴨井先生は大好きだが、

「昔のイギリス貴族の服の、襟の形に似ているからエリザベスカラーっていうんですよ」

という解説すら鬱陶しかった。

狙い通りお腹を舐めたくても舐められない。普通に歩けるし、ご飯も食べにくいけどちゃんと食べられる。透明だから視界が遮られるわけでもない。だけど、大きいからあちこちぶつかるし、耳が痒くても掻けないし、とにかく邪魔で鬱陶しいことこの上ない。あたしの回復が遅れたのはこのストレスが原因かもしれない、という疑いすら抱いている。あたしは密かにこれを「エリザベスストレス」と命名した。いつかあたしが言葉を喋れるようになったアカツキには、獣医学会で発表するつもりである。

蘭子は沈みがちなあたしを元気づけようとしてか、単に面白がっていただけかわからないが、「凜がエリマキトカゲになったぁ！」と言って写真を撮りまくっていたっけ。今思えば、間違いなく後者だっただろう。何だか遠い昔のことのように感じる。

改めて事故後の暗闇のトンネルを思い出して、あたしはケーキの最後のひと口を口に含む。美味しさとありがたみを噛みしめていると、おばあちゃんが今度は鶏のささみと野菜を茹でたお料理を持ってきてくれた。おばあちゃん、いつもありがとう。あたしは頭を下げて、早速ささみにかぶりついた。

「お母さん、最近このひと血糖値高めだから、糖分・塩分抜きでよろしく」

ママが余計なことを言う。そんなこと言わなくたって、おばあちゃんはあたしの健康を気遣って、いつだって砂糖はもちろん塩も使わない。しっかり出汁をとって旨味を感じるお料理を食べさせてくれるのだ。

そうそう、おばあちゃんはお料理が上手なだけでなく、とっても働き者だ。キッチンと居間を絶えず行ったり来たりしている。お料理を運んだり、空いたお皿を下げたり、休む間もない。そうかと思えば、蓮の遊び相手にもなっているのだから、ろくに座っていない様子だ。あたしはママが家でこんなふうに動いているのを見たことがない。本当にない。一度もない。この二人、本当に母娘なのだろうか。

おばあちゃんのグラスには麦茶が入っているが、ほとんど減っていない。ママはもう何杯目になるか数え切れなくなったビールを飲んでいる。おばあちゃんはいつも優しい言葉をかけてくれるが、ママの口から優しい言葉なんて聞いたことがない。どう考えてもママがおばあちゃんから生まれたとは思えない。

しっかり正座をしてお行儀よく食べている蓮や、お料理を皆に取り分けたりしている蘭子を見て、おばあちゃんが「えらいわねぇ」と褒めると、

「お母さん、騙されちゃダメよ。今日の蘭子と蓮はアカデミー賞もんだから。ちなみに凛も犬のクセに猫被っているからね」

ママはお酒が入ると、いつも以上に辛辣な発言が増える。確かに、蓮はそろそろ化けの皮が剥がれる時間だ。蘭子も数年前まではお年玉をもらってお腹が一杯になったら早く帰りたがったが、高校生になって随分と持久力がついてきた。仮に演技だとしても、それは成長と喜ぶべきだろう。それにあたしだって別に猫なんか被っていない。あたしは何かやらかしたら、来年は呼んでもらえない可能性があるから、心して良い子の凛ちゃんでいるだけだ。あれ？　それって、猫被ってるってこと？

翔太叔父さんと蘭子の会話は続いていた。

「蘭子はもうすぐ高三かぁ、大学はどうするの？」

「推薦で行ければと思って、取りあえず一年の時から内申は稼いでる。翔太叔父さんは予

備校とか行ったの？」

「俺は高校が付属だったから、大学受験はしていないんだよ」

「そっかぁ。私は逆に中高一貫だから高校受験はしていないけど、大学はないから自力で何とかしないと」

「指定校推薦の作戦はベストだと思うよ。一般受験するとなると、これから予備校行って受験モードが一年間続くのは結構キツイからね」

「やっぱそうだよね。三学期も気合入れないと」

「頑張れよ。そんな感じじゃ彼氏とか作る暇もないな」

「……う、うん、そうだね」

翔太叔父さんは、一秒の間をしっかりキャッチする。

「えっ？　もしかして蘭子、彼氏いるの？」

この鋭さは血縁のなせる業？　翔太叔父さん、よくわかったね。あたしはいろいろ教えてあげたくなって叔父さんに近付いた。彼氏の名前は優斗っていうのよ。バイト先で知り合った先輩で、蘭子よりいっこ上で……。

「ちょっと、彼氏って何？」

あちゃ～聞こえていたか。それまで緑さんと夢中で仕事の話をしていたママが、いきなり口を挟んできた。

「蘭子だって高校生なんだから、彼氏の一人や二人いたっておかしくないだろ」

いやいや、二人はよろしくないし、叔父さんの発言はもはや彼氏がいるという前提になっているじゃない。ん～これはマズイ展開だ。あたしはママの膝に飛び乗って、何とかママの気を逸らせようとするが、そんなことで怯むママではない。

「蘭子、あなたお付き合いしている人いるの？」

ママの声はひと際大きくなり、おじいちゃんと話していたパパもいつの間にか傍に寄ってきた。皆それぞれのお喋りを中断してママと蘭子に注目している。

「えぇ～っと、付き合っているというか、仲良くしてもらっている先輩、みたいな」

思わぬ展開に蘭子も動揺を隠せない。

「聞いてないんだけど」

「言ってないし。いちいち報告するような感じじゃないから」

「でも付き合っているんでしょ？　先輩ってどういう？」

蘭子の学校は女子高だから、相手が男性というなら学校の先輩はあり得ない。

「バイトの」

「学生？」

「いっこ上で四月から大学生、になる予定」

完全にママの尋問に答える被疑者の扱いになっている蘭子。

「まぁまぁ、楓さん、そんなに問い詰めなくてもいいじゃない。蘭ちゃん、今度その先輩の話ゆっくり聞かせてよ」

パパが何とかその場を収めた。蘭子は憮然としたままそそくさと席を立ち、おばあちゃんのお手伝いを始めた。

ママは眉間を縮めてそんな蘭子を目で追っていたが、話が途中になっていたのか、緑さんとの会話を再開させた。

「……そうなのよ、昭和の男は自覚ないまま平然とマタハラするからね。自覚がないから反省もないし。気をつけた方がいいよ」

いつの間にか大きなワイングラスで、赤ワインを勢いよく飲んでいるママは、一段と口調が荒くなる。

「そうなんですよ。口では大丈夫？　無理しないで、なんて言うのに、定時で上がろうとするとアレ、今日はもう帰っちゃう？　なんて平気で言うんですよ」

そういえば、乾杯した後、翔太叔父さんから赤ちゃんができたという報告があったっけ。見た目ではわからないが、緑さんがゆったりとしたワンピースを着ているのは、お腹に赤ちゃんがいるためだったのか。

「私が蘭子を妊娠した時に比べれば、まだ蓮の時の方がよくなったけど、男性社員は迷惑かけてくれんなよ的な態度が見え見えで、身体がしんどい時に勤務を代わってくれたのは、同じ立場の女性社員だけだったわ」

「そうですね、最近出産して育休を取っていた先輩たちは、良き理解者で優しく声をかけてくれるので救われています」

「緑さんの会社は女性が多いから、女性が働きやすい職場風土はあるんじゃない？」

「ん〜確かにうちは女性が多いんですけど、逆に五十代でバリバリ働いている先輩なんかは、自分たちはもっと過酷な労働環境の時代に、男性に負けないで仕事も子育ても頑張ってきたというヘンな自負があって、あなたも頑張りなさい、という冷たい視線を感じるんですよ」

「あ〜それわかるわぁ。あるあるだね。大体昔の感覚を今に持ち込むなんてナンセンスよ。

今は働き方も多様になったたし、うちみたいにパパが育休を取る家庭もあるんだから。緑さんも翔太とよく話し合って、上手にいろんな制度を使った方がいいと思うよ」

「お義兄さんは特別ですよ。でも翔太さんも育休は考えてくれているみたいです。会社としても男性の育休取得率を上げたいようなので、うまく波に乗れるといいかなと思います。長期で取れるかわかりませんけど」

ママと緑さんは二人で盛り上がっていたが、ロウドウキジュンホウとか難しい言葉が出てきて、あたしは眠くなってしまい、いつの間にかママの膝の上で寝てしまった。

目が覚めると、ママと緑さんは子どもの名前の話題に移っていた。

あたしはママの膝から降りて大きく伸びをする。周囲を見渡すと、おじいちゃんはお昼寝中。パパと翔太叔父さんは蓮の遊び相手になっていて、蘭子はキッチンでおばあちゃんとお喋りしながら、洗い物をしている。あたしはおばあちゃんが用意してくれたトイレで用を足しながら、蘭子を見ていた。

蘭子の後ろ姿からは、今日俄かに発生した課題を背負った憂鬱が滲み出ていた。あたしは溜息を一つ漏らす。

蘭子よ、優斗のことは何も悪いことをしているわけではないのだから、気にしなくていいじゃない。いずれにしても近いうちに、ママとパパに話すタイミングが来たと思うよ。いつもの蘭子らしくポジティブに考えようよ。あたしは蘭子の背中にそう語りかけた。

＊

外はもう真っ暗。すっかり夜になっていた。ご馳走を食べすぎて、おばあちゃんがデザートに出してくれたお手製のバスクチーズケーキは、誰の胃袋にも収まる隙間はなく、お土産に持たせてくれた。

おばあちゃんちからの帰りのタクシー内は、ママとパパが発するお酒のにおいとチーズケーキの甘いにおいが混ざり合っていた。運転手さん、犬のにおいもするよね？　イヤだったらごめんなさい。あたしはキャリーケースの柵越しに、詫びを入れた。

タクシーの中では、皆ぐったりしている。満腹の状態で薄暗い車内に適度な揺れが加われば、自ずと眠りの世界に引きずり込まれそうになる。

睡魔を追い払うように、パパが助手席から後部座席を振り返る。

「今日はもう夕飯要らないよね？」

後部座席はし~んとしている。パパがいじけるいつものパターンだ。よせばいいのに、パパは訊き方を変えた。

「夕ご飯食べたい人?」

すると、蓮が「ハイ!」と挙手をする。

驚いたママが、「え? 蓮、お腹空いてるの?」と訊くと、「おなかいっぱい」と答える蓮。三歳になってもコイツの頭の中に思考機能は芽生えていないらしい。まだまだ鍛え方が足りないか。

「お腹いっぱいでご飯は要らないけど、紅茶を入れておばあちゃんのバスクチーズケーキを食べようよ」

蘭子が助け舟を出したところで、タクシーは我が家に到着した。

今年もおばあちゃんちの新年会楽しかったなぁ。快気祝いまでしてもらって、幸せな一年のスタートだった。来年のお正月は、翔太叔父さんのとこの赤ちゃんも生まれていて、一層賑やかになるのだろう。四歳になった蓮は今より少しはお兄さんになっているのだろうか。受験生蘭子は一緒に参加できるのかな。そしてあたしは? 来年もまた呼んでもらえるかなぁ。新年会の余韻に浸りつつ、あたしは一年後に思いを馳せる。

でも何といってもやっぱり我が家が一番。帰ってくるとホッとする。玄関を入ってキャリーケースを開けてもらったあたしは、勢いよく飛び降りた。

「ワン（ただいま）！」

十二　凜として

時が流れるのは早い。何て言うんだっけ？　そう、光陰矢の如し。二月も残すところ僅かとなった。人々は慌ただしくも次のステップに向かって、季節の移ろいと共に気持ちの切り替えをする時期なのだろう。

蘭子は先週、三学期の定期テストが終わり、気持ちは早くも高校三年生といった風情がある。蓮は年少組に進級するにあたり、園服や通園鞄、上履きなどを新たに揃えた。蓮が白襟の付いた紺色の園服を着てみると、家族一斉に「おぉ！」という声が湧く。急に赤ちゃんから子どもに昇格した感がある。そう、形から入るってこともあるよね。あたしは蓮の成長に期待を込める。

パパは四月から時短勤務から通常勤務へと変更し、それに合わせてママも今の忙しい部署からの異動を願い出ているらしい。いずれにしても、四月からの新たな生活に向けた、今はさしずめ助走期間といったところか。

今週は二月とは思えない二十度超えの春の日が訪れたかと思ったら、また気温は急降下。昨日は雪混じりの冷たい雨が降るというヘンな陽気だった。お天気にも助走期間が必要なのだろうか。体温調節の苦手なあたしは、何となく身体がだるくて、ついダラダラ過ごした週だった。

まぁでも、去年の事故後の不調に比べたら何ということもない。あたしはすっかり元気を取り戻し、先月には無事に七歳の誕生日を迎えた。平均寿命に鑑みれば、丁度折り返し地点というところだろうか。ここから先は、ママを追い越してあたしが我が家の最年長者。とアピールしたところで、誰も敬ってくれそうにないが。

＊

今日は土曜日。久々の晴れ。青空を見たのは何日ぶりだろう。

パパは朝から仕事で、ママは蓮を連れて高校時代の友人宅に遊びに出かけた。

蘭子は、優斗が第一志望の大学合格を果たしたということで、今日は久々の映画デート。合格祝いのプレゼントを用意していたのは言うまでもない。プレゼントは腕時計にしたと、朝の散歩中に蘭子から聞いた。優斗、喜んでくれるといいね。蘭子は普段の三倍の時間をかけて服を選び、二倍の時間を使って髪にドライヤーを当て、スキップするような足取りで出かけていった。

その優斗のことは、おばあちゃんちの新年会の後しばらくして、蘭子はママとパパにちゃんと話をした。話したと言っても、その内容はあたしが知っている範疇を超えない程度のものだったが、取りあえず、相手がどこの誰ということがわかったら、ママやパパもそれ以上どうすることもできない。

静観。ひと言で言うと、そういう方針だったが、大人的視点から、希望通り関西の大学に行ってしまえば、よくある自然消滅的な展開も想定しつつ、当たらず触らず作戦でやり過ごすのがベストと判断したようだった。

皆が出かけていたので、今日は休日としては珍しく一人の時間が長い一日だった。今日は散歩に行けたけど、明日からまた天気が崩れるみたいでいやだなぁ、とかお隣のチョコちゃんは元気にしてるかな、などと考えながらソファでまったりしていると、カシャッと玄関の鍵が開く音がした。

外は陽が沈みかけていたので、ママと蓮が帰ってきたのかと思ったら、聞こえてきたのは蘭子の声だった。

「ただいま〜」

玄関の灯りが点いたのが見えた。

「やだ、まだ誰も帰ってないじゃん」

独り言のように呟く蘭子の声。あたしはいそいそと玄関に向かう。

「まだお父さんもお母さんも帰っていないなら、今日はここで失礼するよ」

優斗の声も聞こえたので、あたしはリビングのドアを押し開けた。

「あ、凛ちゃん、こんにちは」

どうしてコイツはいつも馴れ馴れしいのだろう。あたしに触ろうとしたので、おっと〜、あたしは優斗の手をサッと避けると、蘭子の足元に擦り寄った。

「凛、ただいま。規夫さんも楓もまだ帰ってないんだね」

あたしは蘭子を見上げる。ハイ、二人ともまだですよ。あたしは一人で長い時間お留守番してました。

蘭子はあたしの背中を撫でると、腕時計を見てから、

「もうすぐ帰ると思うから、どうぞ上がって」と優斗にスリッパを勧めた。

「……うん、じゃあ、お邪魔します」

優斗は躊躇いながらも、ゆっくり靴を脱いだ。無事に大学が決まったので、今日はデートの帰りに蘭子を送りながら、ご両親にご挨拶したいというのが優斗の意向だった。そのことは朝のうちにママとパパにも伝えられている。

蘭子はリビングのソファに優斗を案内すると、コップに入れた麦茶を二つ持ってきた。二人はローテーブルを挟んで向き合い、今日観てきた映画のことや、優斗の四月からの新生活についてなど、わずかな沈黙も挟まず喋っている。

あたしは何だかそわそわと落ち着かなくて、ソファの周りをウロウロ歩いて、気持ちを鎮めようとしていた。

そんなあたしを見ながら、優斗が言う。

「凜ちゃんって犬の名前としては珍しいよね？」

珍しい？　あたしはそんなふうに思ったことはないけどね。

「そうかなぁ。私の妹ってことで、五十音の『ら』の次が『り』だから、『凜子』にしようとしたんだけど、それだと人間みたいだから、子を取って『凜』にしたの」

ええっ〜！　ちょ、ちょっと待ってよ。マジで？　そんな単純な発想？

その話はあたしがこれまで認識していたものと大きくかけ離れていたため、あたしは思わず足を止めてのけぞってしまった。オシッコもチビったかも。

あたしの記憶によれば、「凜」という名前は、犬だからといって決して人間に媚びることなく、自分を見失わずに凜として強く生きてほしい。そんな想いが込められていたのでは？　そんな話を聞いたことがあったような、なかったような……。

だからというわけではないが、あたしはこの名前をとっても気に入っている。「りん」「りんちゃん」という響きも耳に心地よい。楽器を奏でているような音ではないか。名前を呼ばれると背筋がピンとなるような気がするし、困難な壁にぶち当たっても勇気や元気が湧いてくる気がする。あたしはこの名前のおかげで豊かな人生（？）を歩んでこられたのではないかとすら思っている。

いや、今までそう思っていたのだが、それはあたしの記憶違い？　気になり始めるとどうにも頭から離れない。

あたしが動揺している間に、話題は優斗の名前の由来に移っていたが、正直どうでもいい。優斗の名前には全く興味がなかった。

「男らしいって言い方は好きじゃないけど、シュッとしたカッコイイ名前だよね。私は小さい頃は蘭子って名前が好きじゃなかったけど、今は結構気に入ってる」

「品のある素敵な名前だと思う。僕は好きだよ」

ん？　どうした？　初めてのこの沈黙は何？　優斗が蘭子をじっと見つめているではないか。蘭子は恥ずかしそうに俯く。家の中には蘭子と優斗とあたししかいない。何かコレってヤバイやつ？　あたしの見ている前で、何ていうかその……ヘンなことしないよね？　あたしがドキドキハラハラしていると、玄関からママと蓮の声がした。

「ただいま〜、遅くなってごめ〜ん」

「ただいまぁ」

さすがママ、ナイスタイミング！

「お帰り〜」

蘭子がホッとしたような、ガッカリしたような、複雑な表情で玄関に向かう。優斗はソファから立ち上がり、直立不動の姿勢をとっている。背中に棒でも入っているみたいに真っ直ぐで、コイツ緊張してるんだ、とあたしは可笑しくなってニヤニヤしてしまった。

ママと蓮がリビングに入ってくると、優斗は九十度のお辞儀をした。

「こんにちは。お留守中にお邪魔して申し訳ありません。初めまして。片桐《かたぎり》優斗と申します。蘭子さんとはバイト先が一緒で、一年ほど前からお付き合いさせていただいております」

「蘭子の母です。こちらこそお世話になっています」

ママはニコニコと予想外に愛想がいい。おばあちゃんちで取り調べ中の刑事よろしく詰問していた人と同じ人物とは思えない。

蓮が長身の優斗を見上げて、「誰？　誰？」と興奮している。

「蘭ちゃんのお友だちよ、ご挨拶しなさい」

ママに言われて、蓮もしっかりパターン化された挨拶をする。

「こんにちは。たちばなれんです。三さいです」

結局、今日はパパが残業になってしまい、遅くなるとの連絡が入ったようだ。

「今日は蘭子さんをお送りしただけなので、また改めてお父さんもいらっしゃる時に、ご挨拶させてください」

優斗はまるで社会人のような立派な挨拶を残して、ママの機嫌レベルの針をＭＡＸに振り切って帰っていった。優斗め、なかなかやるじゃん。

＊

三人で夕食を食べていると、パパが帰ってきた。

「蘭ちゃん、ごめんね。早く帰りたかったんだけど、急なトラブルがあって遅くなっちゃった」

「いいよ、規夫さん、仕事なんだから気にしないで。優斗くんまた来てくれるって」

「引っ越しの準備もあって忙しいんでしょ？　また来てくれるなんて、悪かったね」

パパは申し訳なさそうに言う。そして何故か声を潜めて、「どんな子だった？」とママに訊いている。

「うん、礼儀正しい感じのいい子だったよ。イケメン指数は規夫さんより高いかな」

「うわっ、負けたか！」

あはは、パパ勝負する気だったの？

蘭子はママの受けが悪くなかったことに、ひとまずホッとしているようだ。

「ところでサ、今日優斗くんと名前の話になったんだけど、私も蓮も何でこの名前になったの？」

おぉ、蘭子よ、ナイスな話題提供ではないか。蘭子としては、優斗の話題をぶり返さないための振りかもしれないが、この流れであたしの名前のことも何かわかるかも。あたしは期待を込めてママを見上げた。

「そっかぁ、話したことないかもね。取り立てて話す必要もなかったから。私は自分の名前が楓でしょ？　木偏の漢字一文字で男みたいで子どもの頃はずっとイヤだったのよ。だから、女の子には女らしい花の名前をつけたかったの」

「え？　それだけ？」

「あ、そうそう、それと玲子《れいこ》っていう友だちがいて、ローマ字で名前を書くと、Rってカッコイイのよね。それが羨ましかったからラ行にした」

「ふぅん……じゃ蓮は？」

「僕がレンっていう響きが好きだったんだ。漢字は楓さんと相談して、蘭ちゃんも花だから、レンも蓮にしようかって」

パパはもう少し深く考えていたけど、そんな感じなのね。

「子どもの名前って親がもっと強い想いを込めてつけるものかと思ったけど、意外とあっさりしてるんだね。でも子どもとしては、ナンカ気は楽かも」

「そうでしょ？　お正月に緑さんにも言ったんだけど、大体サ、親が子どもに過度な期待や熱い想いを込めると、いいことないと思うのよ。中学時代の友だちに『きょうこ』って子がいたのね。『響く』に『子』と書いて『響子』。将来は音楽家にするっていうお母さんの強い想いを背負っていたの。小さい頃からピアノやバイオリンを習っていて、専門的な訓練も受けて絶対音感をもっていてね、人の声や騒音すら音階で聞こえてしまうんだって言ってたわ。音楽大学に入った頃からひどい頭痛に悩まされるようになって、結局、音楽の道へ進むのは断念したって。断念というより彼女自身、親が敷いたレールをただ歩いてきただけだってことに気づいたと。まぁそれは名前の問題ってことではないのかもしれないけど、やっぱり親の想いを込めすぎるのはよくないと思う。だって、子どもが自分で名前を決められればいいけど、親が決めるしかないじゃない？　だから本人が呼ばれて不快でなければ、究極何でもいいと私は思うわけ。それは愛情の深さとは無関係だから」

ん～確かにママの言うことも一理ある。ってことは、あたしの名前も蘭子が言っていた説が有力なのかなぁ。ママの話はまだ続いていた。

「今日遊びに行った真奈美《まなみ》の家なんて、上の女の子は三三四〇グラムで生まれたから美佐《みさ》世《よ》、下の男の子は三一一〇グラムだったたから彩仁《さいと》だよ。私たちの間では爆笑だったけど、真奈美は真面目な顔して、『生まれた時の体重を忘れなくていいでしょ』って自慢げだったんだから笑っちゃうよね」

「えぇ～ビックリ！　そんなふうにして名前を付ける人もいるんだぁ」

この蘭子の感想にはあたしも同感。そして、その後のママの話はさらなる驚きだった。

「苗字だって、私がじゃんけんで規夫さんに勝っていたら、『橘』じゃなくて『佐々木』だったんだからね」

えっ、じゃんけん？　何それ？　あたしは驚いてすくっと立ち上がってしまった。目はいつもの二倍の大きさになっていたと思う。蘭子も驚きは同じだったようだ。

「えぇ～っ、じゃんけんってどういうこと？　私は楓ちゃんから結婚するって聞いた時に、当然のように苗字は変わるんだと思ってたよ。そういう友だちいたし。でもそれって私の勝手な思い込み？　先入観ってやつ？　マジでじゃんけんで決めたの？」

「そうよ」

「それが一番公平だからね」

ママもパパも何だかカッコイイ。

「選択肢はいくつかあったわよ。例えば籍を入れずに事実婚にするという方法。そうすれば名前の問題は解決するじゃない？　蘭子も含めて、これまで生きてきた自分の名前でこれからも生きられる。ただ、今の法律ではデメリットが大きくて、家族を守っていくためには入籍した方がいいという結論になったのよ。夫婦別姓は社会で取り沙汰されていたけど、法律が簡単に変わるとは思えなかったから」

「そうなんだよ。結構時間をかけて話し合ったよね。そこで、じゃ、どっちの姓を名乗るか？　という話になったら、コレっていう決め手がなくてサ。議論して解決するような話じゃないねって結論になって」

「それでじゃんけん？」

「そうよ。おかげで私は木偏の名前がイヤだったのに、苗字まで木偏になっちゃって最悪。しかも橘楓って漢字二文字ですごくバランス取りにくいのよ。まぁ会社では旧姓使っているからいいんだけどね」

「僕は蘭ちゃんのこと考えたら、苗字を変えないであげた方が、とも思ったんだよね。でも、蘭ちゃんが将来それを知って、自分のために僕が我慢した、みたいに負い目に感じたらイヤだなって。それに僕だってこの先、蘭ちゃんのために苗字を変えないであげたって具合に、蘭ちゃんに優越感をもつことがあるかもしれないじゃない？　絶対にないと言い切れる自信もなかったんだよね。そんな自分は好きになれないからサ」

ママとパパの話はなかなか奥が深くて興味深かった。そして、ママがパパを、パパがママを結婚相手に選んだ理由が少しわかった気がした。真逆に見える二人だけど、価値観というのだろうか、生き方とか物事の捉え方が意外と似ているかもしれない。

昔ママが小五の蘭子にしみじみと言っていたことを、あたしは思い出した。

「私は蘭子のために自分の信念を曲げたり、蘭子がいるからという理由で生き方を変えたりしない。それはあなたに対してすごく失礼なことだと思うから。蘭子だってイヤでしょ？　私が蘭子のために何かを諦めたとか、やりたくないことを我慢してやっているとか言ったら。親が『子どものために』と言う時、それは自分に対する言い訳であることが多いと私は思っている。そして蘭子にも自分のために、幸せを追求して生きていってほしいと思っているの。長い人生困難なこともいっぱいあると思うけど、何かのせいにして諦めたり我慢したりしないで、幸せになるための努力をしていってほしいと」

仕事が忙しくて帰りが遅いママに対して、蘭子が「何でもっと早く帰ってきてくれないの？　ママがやらなきゃいけないお仕事なの？」と詰め寄った時のことだ。

「寂しい思いをさせてごめんね。私だって毎日早く帰りたいと思っているけど、どうしても終わらない時には無責任に仕事を放り出して帰れない。仕事は生活のためだけではなくて、私にとって自分らしく生きるために必要なものだから。まだ蘭子には難しいかもしれないけど……」

そう言って、ママはさっきの言葉を蘭子に伝えたのだった。

実はあたしはこの頃ママが悩んでいたのを知っている。蘭子のために役職を辞退して、毎日定時で帰れる職場に異動希望を出そうと思う、なんて話を蘭子が寝た後、電話でよくしていたからだ。相手はお友だちだったり（もしかしてパパだった？）、おばあちゃんだったり。でも、悩みながらママはいろんなことに気づいたみたいだ。本当は自分がしんどくて弱気になり、逃げ道を探していただけかもしれないってこととか、母親なのに仕事にやりがいを感じていることに、無意識に罪悪感を抱いていたこととか。

子どものためにと我慢したり自己犠牲を払ったりする方が、ある意味簡単でラクなことも多いのかもしれない。でもママもパパも、それをよしとしないのがカッコイイ。自分を大事にできない人は、相手のことも大事にできないということを知っているからだと思う。改めてママとパパの優しさの根っこが見えた気がする。蘭子や蓮を一人の人間として尊重して、深い愛情を注いでいるママとパパに、あたしは改めて尊敬の念を抱いた。

いつの間にか、話は一段落してご飯も終わっていた。今日はママが食器を片付けている。世間的にはママが家事をする家庭が多いようだが、我が家では圧倒的にパパの稼働率が高い。でも、パパが仕事でママが休みという今日みたいな日は、ママがご飯を作り、片付けもする。約束事や取り決めなどなくても、きっとお互いを思い遣る気持ちがあれば、自然と役割分担ができるのだろう。

既に蘭子は自分の部屋へ、パパと蓮はお風呂へ、それぞれの時間へ移行していた。

あたしはソファでくつろいでいるうちに、気になっていたことを思い出した。そうだ、あたしの名前の由来の話だ。結局、正解はわからず仕舞いだったけど、あたしが凛というこの名前が気に入っているのだから、ま、いっか、という気持ちになってきた。あたしはこれからもあたしらしく、凛として生きていけばそれでよいではないか。

「凛〜」

二階から呼ぶ蘭子の声が聞こえた。あたしはソファから飛び降りると、リビングの扉を押し開け、跳ねるように階段を駆け上がった。

（了）

あとがき

四十年以上務めた公務員生活にピリオドを打ち、朝日カルチャーセンター「はじめての小説レッスン」の門戸を叩いた私は頭を抱えていました。小説のいろはを教えてくれると思った講座は事前提出の宿題があり、「昨日の私」というお題で四百字詰め原稿用紙五枚分書いて提出せよという。マジですかぁ……いきなりですかぁ、と独り言ちながら悩む私の脳裏にふっと現れたのは、十年前に亡くなった愛犬（ヨークシャーテリア）の姿でした。そうか、もう十年経つのだなぁという感慨に浸りつつ書いたのが、「凛々物語」（一あたしが眠れなかった理由）の原型となったストーリーです。

私が小説を書き始めたのは、決して急な思いつきではありません。高校生の頃からずっと思っていました。いつか書きたいと思っていました。ところが仕事をしながら執筆に集中する余力も器用さもなく、気づいたら何十年も経っていたという情けない話です。

退職後、振り返ってみれば、私がやってきた仕事など何の痕跡も残っていません。でも私の心の中には仕事を通じて出会った多くの「人」が残っていました。いわれのない差別を受けたり、愛されるべき人から虐待を受けたり、どうにもならない生きづらさを抱えていたりする人たちです。私はそんな彼らを陽だまりに誘い出し、エールを送るような小説を書きたいという思いを強くして執筆を続けています。書くことは好きなのに、でも苦しい。どうにも苦しくて投げ出したくなることもあります。でもそんな時、彼らの哀しみを帯びた瞳が、「もう少し頑張ってよ」と私の背中を押すのです。

このたび、文芸社さんからお声掛けをいただき、出版物として世に送り出すことができたのは奇跡だと感じています。そして、これからも周囲の人たちの力を借りながらではありますが、歳を省みず書き続けていきたい——そう心を固めるきっかけとなりました。

末筆になりますが、気後れする私をその気にさせてくれた文芸社の横山勇気氏・伊藤ミワ氏、快くカバーのイラストを引き受けてくれたＳｈｉｎｏ．

氏、いつも支えてくれる家族や仲間たちをはじめ、多くの皆さんには感謝しかありません。深謝。

志麻乃　ゆみ

二〇二五年　春うらら

著者プロフィール

志麻乃 ゆみ（しまの ゆみ）

1957年生まれ、東京都出身・在住

地方公務員として40年以上勤務。退職後、朝日カルチャーセンター（立川教室）「小説のレッスン」講座で学ぶ。執筆活動の傍ら、ファミリー・サポート・センター事業の提供会員として地域の子育て支援ボランティアに従事。

2024年、短編『メリイクリスマス――ターコイズブルーの記憶』（田畑書店、私家版）を制作。

凜々《りんりん》物語 これがあたしの生き る道

2025年 4 月15日　初版第 1 刷発行

著　者　志麻乃 ゆみ

発行者　瓜谷 綱延

発行所　株式会社文芸社

〒160-0022　東京都新宿区新宿1－10－1

電話　03-5369-3060（代表）

03-5369-2299（販売）

印刷所　TOPPANクロレ株式会社

ISBN978-4-286-26315-1